FÓRA DE XOGO

Edición: Helena Pérez
Deseño da cuberta e interiores: Miguel A. Vigo
Maquetación: Helena Pérez
Fotografía da cuberta: Manuel G. Vicente
Produción: Antón Pérez/Teresa Rodríguez Martínez

1ª edición: setembro, 2006

© Andreu Martín, Jaume Ribera, 2006
© da tradución: Carmen Torres París, 2006
© Edicións Xerais de Galicia, S. A., 2006
Dr. Marañón, 12. 36211 VIGO.
xerais@xerais.es
ISBN: 84-9782-479-2
Depósito legal: VG. 817-2006
Printed in Spain
Impreso en Gráficas Varona, S. A.
Pol. Ind. El Montalvo I, P. 49
37008 Salamanca

FÓRA DE XOGO

Eu tampouco me chamo Flanagan

Andreu Martín - Jaume Ribera

Tradución de Carmen Torres París

XERAIS

Capítulo 1

1

CONECÍN a Carla Buckingham o primeiro día das vacacións. Apenas unhas horas antes pasara uns momentos de angustia e unha sensación de perigo inminente terribles, que se fundiron automaticamente cando o profesor de Matemáticas me deu a miña copia do exame e resultou que eu era quen de resolver os problemas que nos puxera. A proba titánica do exame converteuse nun trámite case agradable e, cando lle entreguei os folios ao profesor, puiden dar o curso por rematado.

Á saída, ambiente de euforia e despedidas cos compañeiros. María Gual ía traballar, todo o verán, nunha discoteca da costa. Guillerme Mira faría un curso de electrónica do automóbil, Xurxo Castells atopara traballo como monitor nunhas colonias de verán. O próximo curso, volveríame atopar con todos.

Con todos menos con Charcheneguer.

Ramón Trallero, alias *Charche*, esgotada a paciencia dos seus pais, a de todo o corpo docente e a súa propia, daba por rematada a súa educación e púñase a traballar inmediatamente nun almacén do porto de Barcelona.

—... Amais, vou casar con Vanesa –anuncioume todo ghicho, e amosoume un anel cun diamante grande

7

coma un mundo. Eu xa sabía que ultimamente se lle metera nos cornos mercarlle un anel de compromiso á súa moza; de feito, el mesmo se ocupara de proclamalo por todo o barrio, coma se fose un culebrón. O primeiro episodio levaba por título: «Merqueille un anel a Vanesa!»; o segundo, «Mimá, fun á xoiería e os aneis son carísimos!»; o terceiro, «Pensades que Vanesa notará que o brillante é de plástico?»; e, agora, estaba asistindo á estrea do que pechaba a saga: «Xa teño o anel!» E o anel non parecía de plástico nin de quincalla. Todo o contrario. Parecía do trinque e fóra do alcance das posibilidades do meu amigo.

—Charche! De onde sacaches iso?

—Da xoiería do barrio, de onde o ía sacar. Máis de tres mil euros. Chulísimo, non si? Vanesa vai caer de cu cando llo dea!

Esta afirmación obrigoume a repetir a pregunta, con lixeiros cambios:

—Charche! De onde sacaches ti tres mil euros?

—Emprestáronmos no banco. Só vou ter que pagar setenta euros ao mes durante sete anos, Flanagan! –Parecía convencido de que, entre o banco e a xoiería, practicamente lle regalaran o anel–. E, como no traballo vou gañar moito máis...

Non tiven dúbida ningunha de que Charche empezaba unha nova vida, en todos os sentidos da expresión.

Se a el lle parecía ben, a min tamén e, ademais, era final de curso e todos estabamos contentos. Mesmo o meu pai. Cando cheguei á casa, chamou por min dende a parte de atrás do seu hábital natural, a barra do bar, o negocio co que a miña familia leva anos gañando o pan.

—Xanzolas, ven acó.

Obrigoume a sentar nunha mesa afastada onde os xubilados xogaban ao dominó, buscando discreción e intimidade, como se nós tamén fósemos negociar un crédito, e expúxome o plan que me preparara para as vacacións. Un *stage* de temporada completa, practicando un deporte de aventura: o de camareiro.

—Pero, papá, se eu non sirvo para isto...

—Veña, déixoche escoller –dixo, xeneroso–. Prefires estar na cociña coa túa nai ou...

—Pero é que aínda acabo de rematar o curso. Dáme uns diíñas de descanso, ho!

—Vale, se queres, empezas mañá –condeceu, magnánimo.

—Vaia, home!

—Cantos días necesitas?

—Pois... Non sei... A ver, déixame contar... Cantos días hai de aquí a setembro?

Os pais non entenden como vai isto das vacacións. Despois de nove meses de traballo inhumano, queimando as neuronas e as pestanas para comprender e aprender teorías que os máis insignes sabios do mundo elaboraron ao longo dunha vida de dedicación exclusiva, recíbente como se volveses dunhas vacacións nun centro turístico do Caribe.

—Hostia, Xan! Pensas pasar as vacacións sen dar pancada? –E recorreu a unhas desas frases que todos oímos mil veces–: E pensarás que teño unha máquina de fabricar billetes no soto!

—Non é que me negue a traballar. Pero a min, isto da hostalería...

—E logo que pensas facer? –Estábase poñendo nervioso precisamente porque tiña medo do que pensaba facer–. Dentro de catro días cumpres dezaoito. Que vas facer o próximo curso?

9

Collín folgos. Agora eu tiña que soltarlle que me propuña estudar criminoloxía, para ser un bo detective privado, e el, ou se desmaiaba polo susto, ou convertíase no camareiro-lobo, unha de dúas. Non sei que ten en contra dos detectives. De pequeno, eu dicía que quería ser detective e el tomábao a broma, coma se lle dixese que quería ser domador de elefantes. A medida que me ía facendo maior e vía que non só non me botaba atrás, senón que mesmo exercía de detective a pequena escala, fora alarmándose, en parte porque constataba que non era unha broma, en parte porque canto máis medraba eu, menos podía imporse el dende a súa condición de adulto.

Afortunadamente, non tiven que lle dicir nada. Salvoume o móbil.

—Perdoa –díxenlle con ton circunspecto. E ao teléfono–: Diga?

—Flanagan?

Era Carla Buckingham.

2

—Si?

—Son Carla.

Noutra circunstancia, diría: «Carla? Que Carla?», pero dado que a tal Carla, fose quen for, me salvaba dunha situación moi incómoda, exclamei contento coma un cuco:

—Ai, Carla!, e que tal estás? Que alegría oírte! Como vai todo?

—Agora, a moza! –exclamou meu pai, que aínda non sabía que a miña moza se chamaba Nines.

Entrementres, a tal Carla reaccionara con dificultade ante tanta ledicia:

—Escoita, son... Que non nos coñecemos, vaia. Que me dixo Nines que che ía dicir que estou facendo unha reportaxe periodística para o instituto.

Era certo. Nines anunciárame que unha súa compañeira da escola supermegapera de nome británico quería facerme unha entrevista sobre as miñas actividades detectivescas. E a compañeira chamábase Carla Buckingham, como para que o seu apelido fixera xogo co nome da escola.

—Ah, si! Claro!

—Vénche ben que che faga a entrevista agora?

Calquera cousa con tal de librarme de seguir con aquel cambio de impresións co meu pai.

—Vale, se é tan urxente –dixen, preto do meu pai, para que me oíse–. Eu agora estou ocupado, mais se non podes esperar...

—Pois sae á porta do bar, que estamos xusto diante.

—«Estamos?».

Apaguei o móbil e dirixinme á porta.

—Eh, Xan! –Meu pai, claro–. Onde vas?

Recorrín ao tipo de resposta que non é resposta nin nada, pero que che permite avanzar tres pasos máis.

—Logo volvo.

... E xa estaba na rúa. Na outra beirarrúa, había un descapotable Mercedes CLK 55 AMG. Segundo Internet (que despois consultei só por curiosidade), custa 45.350 euros e acelera de 0 a 100 km/h en só 5,4 segundos, para os que estean interesados neste tipo de cousas. Os veciños xa empezaban a estar afeitos a ver coches espectaculares diante da casa. Mesmo lles resultaba aburrido.

E, aínda por riba, do Mercedes descapotable baixaba unha muller espectacular. Pura rutina.

11

Nines dixérame: «Si, home, Carla, non te lembras? Coñécela, seguro...» E eu contestáralle: «Ben, poida que si», dubidando, tratando de localizar aquel nome entre as diferentes peñas de amigos que Nines me presentara, e asocialo a algún rostro.

O certo é que non gardo moi bo recordo dos amigos de Nines, porque poucas veces me trataron ben. Pandas de fillos de papá mexeriqueiros, vestidos con roupa de marca, que sempre me miraron coma un intruso, torcendo un chisco o bico como dando por suposto que alguén que chegara do meu barrio por forza tiña que feder. Gastáronme bromas moi pesadas, e eu tiven que devolverlles vinganzas do mesmo calibre, de modo que as cousas non sempre acabaron ben entre nós.

A que grupo pertencería Carla? Ao do chamado Erreá, que me botara ao mar e me abandonara coma un náufrago, e despois eu deixárao pechado nun ascensor, presa dun ataque de diarrea? Ou sería daqueloutro, un chisquiño máis aceptable, que a fin de ano pasada me complicara a vida na estación de esquí de Termals?

De alí a nada, constatei que non era nin dun nin doutro. Nunca a vira. Lembraríame dela. Era o tipo de moza exótica que non esqueces facilmente. Lentes escuros, estilo Blues Brothers ou Men in Black, pel moi branca, pelo tan negro que por forza tiña que ser tinxido, top vermello moi axustado para demostrar que tiña uns peitos inmensos e esféricos coma o planeta Terra, que contrastaban coa súa complexión esquelética, pantalón pirata e zapatos planos, porque coa súa altura non precisaba tacóns para facerse notar.

Falaba algo alporizada co mozo que estaba ao volante do coche e a suxeitaba con forza polos pulsos. Puiden advertir que o rapaz tiña uns ollos grandes, negros, a barba moi recortada, e mais que chupara anabolizantes por un tubo. Era como Charche, mais esculpido por un bo artista. Coma se Charche mercase os músculos nun establecemento de «todo a cen» e el nunha tenda de deseño. Fíxome pensar nun antigo personaxe de cómic que se chamaba Charles Atlas. O seu tórax, malia estar cuberto por un Lacoste, serviría para un estudo anatómico moi detallado da musculatura dos superheroes. E, polo visto, chamábase Hilario.

—Que non quero que me acompañes! –oínlle á rapaza–. Porque non quero que me controles! Porque non, Hilario, porque non!

Por un momento tiven medo de que aquilo fose o prólogo dun episodio de violencia doméstica, mais axiña comprobei que estaban rindo, tanto a rapaza coma el, e que para eles aquilo era un xogo privado e íntimo. Carla advertiu de esguello a miña presenza e volveuse cara a min para dedicarme un sorriso de «non pasa nada». Hilario soltoulle o pulso e ela cruzou a rúa, camiñando coma unha modelo de pasarela. Daquela o rapaz, dende o coche, dedicoume un aceno de complicidade que me borrou o sorriso e me provocou unha especie de desacougo. Pareceume que con aquel aceno túzaro estábame convidando a incluírme no xogo que tiña con Carla, cuxas regras eu ignoraba. Non me gustou nadiña. A rapaza xa chegaba ata min, mentres o descapotable, nun lóstrego, se afastaba excedendo a velocidade aconsellable.

—Non lle fagas caso –dixo ela–. Está tolo. Ai, este barrio é o tal para un detective privado, un *private eye*, non si? Un *shamus*, un sabuxo, un cheirabraguetas, ou?

Custábame mirala á cara. Chegara a época do ano en que as mulleres exhiben todo o que teñen e fáiseche difícil controlar a mirada para que non sexa interpretada coma unha agresión sexual.

—Déixasme que che saque unha foto?

Levaba unha cámara Nikon, analóxica, pendurada dunha correa de coiro que lle cruzaba o tórax polo medio dos peitos, de maneira que os resaltaba extraordinariamente. Era o que lle faltaba. A rapaza descolgouna, púxome contra un muro cuberto de pintadas, como se fai cos condenados a morte, e fusiloume cunhas cantas instantáneas. A cámara tiña motor.

—Sabías que es moi fotoxénico? –dicía mentres disparaba–. E mais vives nun barrio ben fotoxénico.

Entre refolada e refolada, precisaba moito tempo para calcular a distancia, a velocidade e a abertura do diafragma.

—Agarda, ho –dicía–. Agarda un chisco...

—De onde sacaches esa cámara? Dun museo ou que?

—Era do meu pai, que xa hai tempo que anda na fotografía dixital. A min, as cámaras dixitais pónenme nerviosa. Non as entendo.

—Eu tampouco. Mesmo pensaba que se chamaban cámaras dactilares...

—Ha, ha.

Non sei se o pillou, pero ao verme rir, acariñoume as meixelas cunha coquetería que era case unha insinuación (levaba as unllas pintadas de azul marino, a xogo cos beizos) e colgóuseme do brazo, arrimándome a súa espeteira pneumática. Uf.

—Que? Ensínasma ou non? –Sorría.

—O que, ho?

—A túa gorida.

—Ah, si, claro. Pasa, muller.

Cando entramos no bar, todos os que estaban alí

seguiron o noso desfile ata o fondo do local, e o ruído de cubertos e vasos quedou en suspenso. Nin sequera o meu pai se atreveu a abrir a boca. Baixamos polas escaleiras ao almacén, eu diante, para ir prendendo as luces e servir de protección por se lle daba por tropezar e caer de cabeza.

—Na miña escola –ía dicindo ela, indiferente á admiración que levantara a súa presenza–, facemos unha revista con todos os medios técnicos á nosa disposición. É fantástico, porque eu quero ser periodista. Non facemos a revistiña ridícula acerca da escola e os alumnos e as poesías dos últimos xogos florais, non, senón que tratamos temas de interese xeral, centrándonos, sobre todo, en experiencias de xente da nosa idade, e mesmo buscamos exclusivas. A moda, a droga, as estrelas do cine, os anticonceptivos...

Avanzabamos polo soto escuro e húmido, cheo de caixas de bebidas e de trastes vellos e enferruxados, todo cuberto por unha pátina de po e arañeiras, un marco onde a miña exquisita invitada non encaixaba en absoluto. Por fin, detrás dunha mampara formada por caixas baleiras de cervexa, chegamos ao curruncho do que me apropiara para o meu negocio. Un moble arquivador metálico, a táboa de cortiza para colgar chilindradas e fotografías, e un escritorio formado por unha táboa sobre cabaletes enriba da cal estaban o ordenador, o flexo, catro revistas e unha chea de novelas policiais.

Detrás miña, Carla dixo:

—Nines contoume que hai pouco levaches a cabo unha investigación a fondo sobre o sexo[1]... É verdade?

1. Referíase a *O diario vermello de Flanagan*.

Vireime cara a ela. Quitara os impenetrables lentes escuros e diante miña apareceron uns ollos verdes de perfebas longuísimas.

—Quero que me contes con todo detalle o que aprendiches. A vida sexual do detective privado.

3

Tomou asento, colleu un bloc e un bolígrafo, cruzou as pernas e encomezou o interrogatorio.

—Realizas moitas investigacións relacionadas co sexo?

—Vaia –dixen–. Si... Hai mozos que me piden que faga pescudas sobre a rapaza que lles gusta, se está libre ou non... Hai mozas que queren saber se o mozo que lles gusta ten tendencias violentas.

—Non, eu refírome ao sexo... sexo. Virxindades perdidas, ou así...?

Eu preguntábame qué pretendía aquela moza, qué viñera buscar. Ela coñecía a Nines, de maneira que tiña que saber que eu tiña moza.

—... Non poñas esa cara –reaccionou ela–. Se che fago este tipo de preguntas, é porque o sexo é un tema que lles interesa moitísimo aos nosos lectores e lectoras. Tamén che farei preguntas sobre como organizas o teu negocio, que isto tamén nos interesa moito: xente nova capaz de empezar de cero e de montar unha empresa, aínda que sexa pequena –dixo «pequena», mais os seus ollos, mirando ao seu redor, parecían corrixir involuntariamente o adxectivo: «patética»–, pero o tema estrela da nosa escola é o sexo, no teu barrio seguro que fades moito máis de sexo que no meu...

Ela falaba máis ca min. E tiven a impresión de que non lle interesaba nada o que eu puidese contarlle.

Escoitábaa con atención e procuraba contestar dun xeito satisfactorio, porque despois de todo aquela rapaza era amiga de Nines, pero activáranseme todas as alarmas. Que andaban a argallar ela e mais o mozo que a acompañara no Mercedes CLK AMG? Chamádeme paranoico, pero as iniciativas daqueles nenos peras cheiraban. Que significado tiña aquel aceno túzaro e cómplice que me dedicara Hilario Charles Atlas?

De súpeto, á miña sedutora entrevistadora caeulle unha pestana postiza.

Si, os seus ollos non eran tan bonitos como parecían a primeira vista. As perfebas eran postizas e tiña unha mal pegada e, por causa dun palpabrexar inoportuno, quedoulle pendurada e tapáballe a meniña dun xeito grotesco.

E a rapaza, en vez de arrincala sen máis, sacou un frasquiño do peto e, fala que fala, púxose a pegar de novo a prótese.

Tremíalle a man como a min as tripas no último control de mates. Estaba nerviosa, nerviosísima. Estaba nerviosa e ía disfrazada: estaba interpretando un papel. E o seu sorriso sedutor era unha máscara petrificada que, pouco e pouco, ía perdendo expresividade. Decateime de que non quería estar alí, que estaba arrepentida da súa visita. Seríalle todo máis fácil se eu me puxese a babexar e me botase a ela nada máis achegarse a min, mais, ante a miña impasibilidade, estaba desexando saír canto antes da piscina. Mentres os seus dedos longos e tremelicantes loitaban contra a pestana que non se daba pegado, e eu abría a boca para preguntarlle que carallo estaba pasando, oímos unha voz masculina procedente da escaleira.

—Flanagan! Flanagan! Ai, Flanagan! Estas aí, ou?

Carla, sobresaltada, arrincou a pestana turrando dela cun golpe seco, como se alguén a cachase escaravellando no nariz, e, sen darse de conta, quedou cunha pestana longa e outra curta, o que lle daba unha expresión choqueira e carente de toda harmonía.

—... Flanagan?

Quen sería?

Incorporeime.

—Estou aquí!

—Ai, Flanagan!

Un home baixara ao soto e avanzaba cara a min coa seguridade de quen está afeito a moverse pola escuridade. Os seus zapatos de sola de coiro resoaban contra o chan.

Un traxe castaño, camisa amarela, gravata dourada, un sorriso ben cumprido cheo de dentes apertados, e unha cabeleira crecha coroando un rostro anguloso e atractivo. E unha gastada carteira de coiro marrón, con fibelas, deformada polos anos de uso.

Oriol Lahoz. O meu amigo detective[2].

—Ola, Flanagan! Interrompo algo interesante? –En todo caso, preguntaba por puro formulismo; non parecía disposto a marchar aínda que eu lle dixese claramente que molestaba–. Como estás, Flanagan? Moito medraches! E quen é a túa amiga?

—Estame entrevistando –dixen, consciente de que non lle aclaraba que só era unha estudante facendo un traballo escolar–. Chámase Carla.

A Oriol Lahoz gustoulle moito Carla. Abofé! Coa escusa de estreitarlle a man, retívoa prisioneira entre as súas, e ocorréuseme que era capaz de pedirlle algún tipo de rescate para devolverlla.

—Carla, que nome tan bonito.

---

2. Coñecino na aventura que queda descrita en *Flanagan Blues Band*.

—Carla Buckingham.

—Buckingham, Carla Buckingham. Eu sempre fun anglófilo. Permíteme...

—Coma se nada, con naturalidade, arrincoulle outra pestana postiza dun tirón e guindouna á penumbra–. Así estás moito mellor. Gústanme os teus ollos. Eu chámone Oriol. Oriol Lahoz, detective privado.

Carla contestou exactamente como esperaba que contestase. Como o fai todo o mundo.

—Detective privado? De verdade? Quero dicir: detective privado de verdade? Profesional?

Eu entendía que dicía: «Non coma este chaíñas...»

—De verdade. Profesional. Pero, para ti traballaría de balde.

—Estás de broma.

—Non, non estou de broma. Vaia, o noso amigo Flanagan tamén é detective, supoño que xa o sabes.

—Si, pero... –bisbou ela, que por un momento pareceu que se esquecera da miña presenza.

Eu seguía constatando que Carla estaba moi incómoda comigo, que quería marchar de alí e que a providencial chegada de Lahoz lle servira para cambiar de tema. Estaba quitando un peso de enriba. Pero que tipo de peso?

—Non, non, non! –protestaba Lahoz–. Non hai pero que valla! Flanagan é un detective e, ademais, dos bos, eh? Colaboramos moitas veces. Concretamente, agora vino ver para preguntarlle se quere axudarme nun caso que teño entre mans. –Virouse cara a min. Pareceume que non lle chistaba moito o que vía. A min tampouco non me facía ilusión a súa visita. Non era certo que colaborásemos moitas veces. Tiña unha mirada diabólica, comparable á do peor dos Jacks Nicholsons posibles–. Que che parece? Vas colaborar?

Uns anos antes, cando o coñecera, experimentara por el unha fascinación case relixiosa. Un detective, un detective de verdade, como os das novelas, mellor cós das novelas! Durante uns días estiven facendo o parvo ao seu rabo, tíñame enfeitizado. Despois mentiume e meteume en tantas leas que alá foi a miña reverencia. O choque coa realidade. O espertar dun soño. O ídolo con pés de barro. Agora, non estaba moi seguro de querer facerlle un favor.

—Vaia... –dixen.

—Podo oír o que lle queres propor? –preguntou Carla con voz tremente.

Oriol Lahoz, encantador, volveuse cara a ela e púxolle a man na meixela coma se fose darlle un bico de amor. Dedicoulle o máis luminoso dos seus sorrisos e díxolle:

—Pois agora que o dis, mellor non. Mira, guapa, déixanos falar unha miga en privado. Sube ao bar, toma un cafeíño, le o xornal. Un cuarto de hora e baixas, de acordo?

Carla asentiu coa cabeza, co aire apampanado das vítimas dos hipnotizadores experimentados, e subiu para o bar sen dar chío.

Lahoz esqueceuna de alí a nada. Sentou na cadeira encartable que utilizara a rapaza e preguntou: «Podo fumar? Ti fumas? Tes un borralleiro por aí?», antes de pasar a expoñerme o caso sen máis preámbulos.

4

—Trátase de atopar un neno que desapareceu –dixo–. Un neno do teu barrio, da praza dos mouros, como lle chamades aquí.

A praza dos mouros estaba máis alá do Casco Vello, ao outro lado da igrexa, tirando para o cemiterio.

—Un magrebí? –supuxen.

—Chámase Alí Hiyyara, ten doce anos e antecedentes de malos tratos.

Da carteira castaña e deformada sacou unha fotografía e amosouma. Vin o primeiro plano, un pouco borroso, porque aquilo era unha ampliación dunha foto de grupo, dun rapazolo de sorriso pillabán e simpático que abría a boca máis dun lado ca do outro, nun aceno moi peculiar, e chiscaba os ollos para esquivar o sol que o deslumbraba. Levaba o pelo cortado a rentes e un aro na orella esquerda.

Levantei a vista, algo inquieto. Un neno con antecedentes de malos tratos que desaparece semellaba un caso que excedía as miñas posibilidades.

—Non, non, non. –Lahoz borrou os malos agoiros abaneando a man, botándose a rir coma se as miñas fantasías lle parecesen ridículas–. Non, non. Non penses no peor. Non creo que lle pasara nada malo. Mira... –Apoiouse nos xeonllos, as palmas das mans na cara, o cigarro fumegando entre os dedos da dereita–. Flanagan, non te asustes, pero trátase dun caso alegal.

—Alegal?

—Alegal. Medio e medio, na estremeira, coma quen di.

Asusteime. Procurei que non se me notara, pero non me gustou.

—... Se queres xogar, xogas, e, se non, marcho.

Continuei sostendo a súa mirada, impertérrito.

—Eu represento os avós maternos do rapaz. Son españois, mais viven en Alemaña. Hai uns anos, a filla volveu a Barcelona e casou cun magrebí da praza dos mouros. Os seus pais non o aceptaron e a raíz diso rompeuse a relación familiar. O home da filla chámase Omar Hiyyara.

—Omar Hiyyara. Sigue.

—Ou sexa, que o neno ten nacionalidade española e o pai tamén. Pero a nai morreu hai tres anos e o neno, claro, quedou co pai.

—O pai, o tal Omar, era o que o maltrataba? –aventurei.

—Si. É un chourizo. Mala xente. A policía anda atrás del.

—Por iso desapareceron. Porque se agachan da policía –volvín aventurar.

—Ben, si, parece o máis probable. Pero os avós andan na procura do neno. Do pai xa nos encargaremos.

Aquel «xa nos encargaremos» sooume ominoso. Creo que se me notou na cara.

—Refírome, Flanagan, e aquí radica a alegalidade deste asunto, que eu traballo neste caso dende hai tempo e reunín probas que levarían o chourizo Omar á cadea. Os malos tratos, os roubos e outros delitos en que está implicado. Cando teñamos o neno, falo con Omar e doulle a elixir entre unha denuncia con probas que lle suporá varios anos no trullo, ou que lles ceda a patria potestade aos avós e se esqueza do neno.

—Iso é chantaxe.

Oriol Lahoz abaneou a cabeza coma quen di «Santa inocencia».

—Só lle imos apertar un pouco as caravillas. Poida que si, que sexa ilegal, pero tamén é a maneira efectiva de protexer a Alí e solucionarlle o futuro. Claro que tamén podería denunciar a Omar coas probas das que dispoño e mandalo á falcona, mais neste caso, outros familiares seus que viven aquí, ou os outros avós do neno, que están en Marrocos, tamén poderían reclamar a súa custodia. A cousa podería dexenerar nunha lea xudicial de meses, ou de anos, e entrementres, é posible que Alí vaia parar a un Centro de Acollida da Generalitat, e daquela si que a cagamos, Flanagan. É unha oportunidade para o neno, enténdelo? A oportunidade de cambiar de vida, de acceder a unha boa escola, á universidade. Estouche falando dos seus avós, Flanagan, que aínda son novos, que teñen unha boa posición social e que van coidar del coma dun fillo... Todos van saír gañando. O neno xa non sufrirá malos tratos, a súa vida cambiará radicalmente...

Fixo unha pausa para observar o efecto que me producían as súas palabras. Procurei que pensara que non me facían efecto ningún.

—Temos que atopalo, Flanagan. O neno non sabe nada disto. –Cambiou de ton e de rexistro–: Xa o sei, fun eu o que me comprometín a facer o traballo, pero intentei achegarme ao ambiente da praza dos mouros e foi imposible. Non se fían de min. Hai unha chea de sen papeis polo barrio, clandestinidade, delincuencia; non se fían dun branco coma min, con esta pinta. En cambio ti...

Fixo un aceno e comprendín que era o que non lle gustaba de min. Medrara un pouco, aprendera a peitearme, xa non era aquel rapaz desleixado de cando nos coñeceramos. Xa non levaba o chándal engurrado e sucio nin os eternos tenis barateiros. Consecuencias de saír cunha nena pera como Nines. Lahoz aclarou a gorxa.

—... Se cadra tiñas que disfrazarte un pouco. Poñer unha roupa máis perralleira...

—Pareceume que aquel «máis» estaba completamente fóra de lugar–. Emporcarte un pouco, cáchalo, non? Xa sabes, ao xeito do noso querido Sherlock. Infiltrarte, preguntar. Non creo que che custe moito dar co neno... Só se trata de facer catro preguntas aquí e alá e pescudar onde está o rapaz. Alí Hiyyara.

Contemplei a fotografía do raparigo durante uns segundos e, despois, con certa solemnidade de profesional serio, collín de enriba da mesa o meu bloc negro e o rotulador de tinta líquida e apuntei o seu nome, Alí Hiyyara, e mais o do pai, Omar.

—Os dous desapareceron ao mesmo tempo?

—Polo que sabemos, parece que si.

—Cando foi, exactamente?

—O martes pasado, día dezasete –fíxeno constar no caderno–. Hoxe é venres, así que hai catro días.

—Por que busca a policía a este Omar, concretamente? Droga?

Era unha pregunta demasiado directa. A Lahoz case lle dá un arrepío.

—Droga? Non sei... Omar é un chourizo desgraciado, dos que tocan todos os paus. Creo que a última que fixo foi un roubo. Iso foi o día dezasete, como che dixen, e dende aquela non se sabe nada del. Vaia, mala sorte. Xusto cando o tiña todo listo para obrigalo a cederlles a custodia aos avós, van e desaparecen os dous...

—Pero ti vixiábalo para obter probas contra el. Víchelo cando cometeu o último delito?

Oriol Lahoz inclinou un pouco a cabeza. Coma se a miña pregunta o desconcertase.

—Non, home –dixo, despois de pensalo un momento–. Eu levaba o caso dende había un mes ou por aí... Cando desapareceu, xa levaba unha semana

24

sen seguilo. Estaba preparando o informe, ordenando as probas... e foi cando descubrín que a policía andaba atrás del e que desapareceran, el e mais o raparigo.

—Deben de estar xuntos. Se o buscan, estará agachado e levaría o fillo canda el –aventurei.

—Non creo. Omar é un animal e pasa do fillo. Sabes o que me parece máis probable? A Omar sáelle mal o roubo do día dezasete, ve que ten que agacharse e deixa o fillo só. E que fai o rapaz? Pois buscar a protección dalgún parente, ou dalgún amigo. Non pode estar moi lonxe.

A voz de Carla sorprendeunos.

—Acabastes?

Achegábase dende a escaleira do soto.

—Aínda non –dixen–, pero pasa, pasa, logo acabamos.

Oriol Lahoz dedicoulle unha mirada rápida de esguello que tiña moitos significados.

—E a nai está morta –dixen.

—Morreu hai tres anos. De repente, un infarto. Alí non ten irmáns. Estaba só co desgraciado do pai.

—Estaba?

—Ou está, non cho sei. En realidade, o máis urxente é atender o rapaz. De todos os xeitos, se ao buscalo a el atopas o pai, avísasme. Non fagas nada, non fales con el, non te achegues a el. Avísasme, disme onde está, e fóra. A nós, o que de verdade nos interesa é o neno.

—Nós?

A pregunta sorprendeulle.

—Si –dixo–. A ti e mais a min.

Parecérame que aquel «nós» incluía máis xente.

—Podo quedar coa foto?

—Non. –Ripouma de entre os dedos e gardouna na carteira de coiro castaño e fibelas. A cambio, deume

25

unha dirección escrita nun papel–. Os Hiyyara vivían aquí.

Dicía: «Praza de Sant Columbano nº 6, 6º F.»

E Flanagan tiña que dicirlle: «Es un armadanzas.» Flanagan tiña que preguntarlle: «Que me ocultas?»

Pero Carla estaba mirando cos ollos cheos de ilusión, e Lahoz tamén me miraba rebordante de expectativas favorables, e supoño que fixeron que me sentise importante, necesario, imprescindible. De modo e maneira que asentín coa cabeza, coma se lles estivese facendo un favor grandísimo ós dous, e fixen o cínico:

—E eu que saco de todo isto?

Sen dubidalo:

—Que che parecen seiscentos euros?

Estiven a piques de esganarme coa miña propia saliva. Eran moitos cartos. Demasiados. Só por aquilo xa tiña que botarme atrás. Seiscentos euros por facer catro preguntas na praza dos mouros? Seiscentos euros para un mozo que xogaba aos detectives á saída do instituto? Lahoz pasárase. Incluso Carla se decatou de que aquilo non era normal. Escapoulle un berro: Seiscentos euros? Mimá!, e eu sentinme aínda máis importante, imprescincible e cínico. Pero dixen:

—Non o vexo claro.

Non sei se a sorpresa de Lahoz foi real ou finxida. Pero el tiña que esperalo, polo menos como posibilidade.

—Non o ves claro? –Como se non houbese nada máis diáfano en toda a creación.

—E se Omar se nega a entregarlle o neno aos seus sogros? Porque, por moitas probas que teñas contra el, a policía búscao xa de todas todas... O que significa que eles tamén teñen probas, polo menos do último roubo...

—Non é o mesmo que te leven ao xulgado por un delito que por media ducia, Flanagan. Este tío, malia ser un chourizo, tivo sorte deica agora, sempre caeu de pé, non ten antecedentes. Por só un delito, pódenlle suspender a condena e seguir na rúa, tan campante. Ademais, non che estou pedindo que lle apertes as caravillas a Omar. Diso xa me encargo eu, cando chegue o momento.

Eu movía a cabeza e remexíame na cadeira coma se estivese enriba dun cactus.

—É ilegal.

A Lahoz non lle chistou que o dixera diante de Carla.

—Ah, iso si. Eu empecei por aí, non te lembras? Que era alegal. Ou ilegal, se queres. Vaia, agora o Flanagan non traballa en cousas ilegais? –o seu ton sarcástico denotaba certo fastío, coma se eu escaravellase nunha ferida aberta–. Pois dixéralo antes e rematabamos. Non perdiamos o tempo. Eu pensaba que a posibilidade de cambiar a vida deste neno, de facelo feliz, de libralo dos malos tratos e da miseria e proporcionarlle un futuro che interesaba. Coidaba que eras desa clase de persoas. Ben, se me enganei contigo... –E, para acabar, cóllelo ou déixalo– Axúdasme ou non?

Meteu outra vez a man na carteira de fibelas e sacou un feixe de billetes de cincuenta euros. Achegoumos todo o que puido ao nariz.

Non palpabrexei.

—Non o vexo claro.

Oriol estaba poñéndose moi nervioso.

—Pois esquéceo. Vale, xa, Flanagan. Se o caso é grande de máis para ti, de acordo, bórrao da túa memoria, coma se non pasase nada.

Mais non apartaba os billetes da miña vista. Sorrín, derrotado.

—Sabes que son demasiado curioso para botarme atrás a estas alturas.

Agarrei o feixe de billetes. Automaticamente, pensei que aqueles cartos pesaban demasiado, pesaban tanto que, se estivese nadando, arrastraríanme ata o fondo do mar. Pesaban tanto que xa me estaban arrastrando cara ao fondo da Terra.

Carla, agora, mirábame abraiada de vez.

5

Quedei con Lahoz en que xa nos chamariamos, o detective marchou e, a seguir, de novo os dous sós, Carla tivo unha idea:

—Oes, para evitar máis interrupcións, que che parece se imos rematar a entrevista á miña casa? Alí estaremos tranquilos –compuxo o sorriso de alguén que che dá a mellor noticia do mundo antes de engadir–: Os meus pais non están.

Mirei para ela. Ela mirou para min. O certo é que era atractiva, con aqueles ollos e aqueles peitos, e aquela naturalidade, e aquel interese que demostraba por min. Mesmo se me facía atractivo o pouquechiño de inseguridade que botaba a perder o sorriso sedutor. E tamén me afagaba: era coma se mo estivese pedindo por favor e con medo ao rechazo, coma unha fan que non se considera digna abondo do ídolo de toda a súa vida. Son humano, e de súpeto, entráronme ganas de ir á súa casa xogar a entrevistados e entrevistadores, como di o outro.

Salvoume a literatura. Ningún detective do mundo caeu nunca nunha rateira tan evidente.

—Fíxoseme tarde, quedei con Nines e antes teño cousas que facer –dixen–. Xa remataremos outro día a entrevista. Á fin e ao cabo hoxe empezan as vacacións, de modo que non creo que teñas que presentar o traballo ata setembro, non si?

Ela suspirou, decepcionada, mais non perdeu nin o sorriso nin a afouteza.

—Como queiras. –Pero a súa rendición non era incondicional–: Outro día, logo?

—Outro día.

Sacou o móbil e chamou a Hilario, o seu amigo do Mercedes, para que fose recollela.

Acompañeina ao bar e deixeina alí soa, esperando ao seu amigo, porque o meu pai me controlaba de esguello mentres lle cambiaba un billete de vinte euros a un cliente ludópata, e eu non quería darlle a oportunidade de que volvese a pillarme. E tampouco quería ser por segunda vez o receptor dos xestos cómplices de Hilario.

—Xanzolas, agarda –oín ao meu pai.

—Xa vou, teño que cambiarme.

No meu cuarto, puxen os seiscentos euros na miña caixa forte, unha caixa de latón cun anuncio de Chocolates Amatler na tapa. Xa tiña seiscentos setenta e dous euros con trinta céntimos, dos que collín, xeneroso, douscentos setenta e dous para gastos. Sentíame como se sentiría Philip Marlowe se o fichase a axencia Pinkerton. Marlowe só viu unha vez un billete de mil dólares na novela *O longo adeus*, se non me engano, e aínda por riba acabou devolvéndoo. Isto é o que diferencia a Philip Marlowe de Flanagan. Eu non pensaba devolver os cartos.

Baixei a escaleira de alí a pouco, coa roupa de festa, elegante pero informal, peiteado e cun toque de colonia. Carla xa non estaba. O meu pai, si. Fincado na porta, con aire de xogador de rugby disposto a facerme un caneo se intentaba fuxir do bar.

—Marchas?

—Marcho. Quedei –expliqueille–. Non me dixeches que non me necesitabas deica mañá?

—Quen é o fulano ese que baixou ao soto?

—Pois...

—Xanzolas, díxome que é detective, e que ti tamén o es e que viña encargarche un traballo –todo isto no ton que utilizaría para anunciarme que se achegaba un terremoto de intensidade 7. Maldicín a estampa de Oriol Lahoz. Non se supón que os detectives teñen que ser discretos?–. Que quería?

—Pois... –Negalo todo non serviría de nada. Pareceume preferible suavizar a verdade–. Nada, un asunto duns informes comerciais. Eu axúdolle e gaño uns billetes. –E engadín, xogando a miña integridade física–: Así non terás que imprimir tantos coa máquina que tes no soto.

—Xanzolas...!

—Xa está ben de «Xanzolas»! –dixen, con aire ofendido. Ás veces, a única alternativa como defensa é un ataque–. Chámome Xan e, como ti mesmo me recordaches hai un cacho, estou a piques de cumprir os dezaoito. De acordo, eu axúdoche no bar, pero nas horas libres fago o meu traballo.

—O teu traballo? –Só de pensalo dábanlle calafríos. E o seu ton dicíame que vía a batalla perdida–. Pero pensas de verdade que esa parvada, esa teima que tes de seres detective...? É perigoso, Xan!

A campá outra vez. O cliente ludópata, ao fondo do bar, púxose a abanear a máquina comecartos, mentres berraba: «E terei que botar moedas durante nove meses seguidos, desgraciada, para que te dignes parir o premio?», e o meu pai saíu correndo para alí a poñer orde.

Lisquei.

Quedara con Nines.

Pasamos unha noite animada, durante a cal lle contei que reaparecera Oriol Lahoz, e que tiña un novo caso que me intrigaba un pouco, pero ela non me fixo moito caso.

Cando lle mencionei que Carla viñera a entrevistarme, só me comentou:

—Ah, si, Carla. Ultimamente non fai máis que preguntarme por ti. Polo visto, iso dos detectives privados tena alucinada. —E engadiu, rebuldeira: Se non estivese saíndo con Hilario diría que quere ligar contigo, ha, ha! Como unha vez, hai anos, lle quitei un mozo...

Eu non me atrevín a entrar en detalles e ela, distraída, pasou a outros asuntos que lle interesaban máis.

Capítulo 2

1

AO día seguinte, sábado, non puiden conterme e ás dez e media, despois dunhas horas facendo de reforzo no bar para ter contento ao meu pai, e pasada xa a hora punta dos almorzos, lisquei á praza dos mouros. Vestía o traxe de quedar ben, o que levo ás vodas, aos bautizos e aos enterros. En vez de camisa e gravata, debaixo levaba unha camiseta negra co distintivo gótico de Mötorhead. Ben peiteado con brillantina e mais uns lentes escuros que me daban un aspecto inquietante. Levaba tamén a miña mochila, que ten unha calidade amorfa grazas á cal, se a colles por unha asa ou pola outra, convértese en maletín ou en bolsa de deporte.

Con este aspecto (disfrazado, tal como me aconsellara Oriol Lahoz, mestre de detectives) pasei por entre aqueles tres bloques de casas moi antigos, con fachadas de cor pergameo, descascadas e con fendas á vista, que se erixían arredor dun rectángulo asfáltico onde había tempo morreran tres árbores que seguían de corpo presente. Chamabámola a «praciña dos mouros», de maneira politicamente incorrecta, porque había tempo que se instalaran alí unha serie de familias magrebís e mesmo fundaran unha mesquita, e abriran unha carnicería onde se cortaba a carne conforme llelo esixía a súa relixión, e tamén anunciaban un par de locutorios telefónicos con letras árabes. Nunha camposa que había máis alá dos bloques, contra as hortas, establecéranse caravanas de inmigrantes procedentes dos países do Leste, que axiña desprazarían aos árabes como, había tempo, os árabes desprazaran a colonia de xitanos autóctonos. Daquela, supoño, a praza pasaría a ser chamada «dos albaneses», ou «dos romaneses», como antes se chamara «dos xitanos». En realidade, chamábase praza de Sant Columbano, o que facía que moita xente a coñecera como praza de Santa Columna, ou de Santa Coloma, pero tanto daba, porque as placas que colgara o Concello fóranse deteriorando progresivamente.

Alí respirábase un aire insalubre, como se alguén tivese o costume de deixar a tampa dos sumidoiros abertos, e sempre había moitos nenos morenos xogando ao baloncesto entre as árbores secas, e homes con xilaba e babuchas falando tranquilamente nos bancos. Dicían que no bar da praza, que rexentaba un galego, non se permitía a venda de alcohol. Para min que o vendían baixo man, pero non estou seguro.

Contemplei con atención o portal número 6 da praza e mirei ao meu redor, coma se esperase recoñecer a primeira vista a Alí Hiyyara, o neno que me encargaran buscar.

Vin unha colla de rapaces de doce ou trece anos xogando ao baloncesto. Amigos ou parentes de Alí, sen dúbida. Tería que empezar falando con eles.

Aínda non. O home dos lentes escuros, traxe e camiseta de Mörtorhead acabou de cruzar o decorado coma se só estivese de paso e, impasible, fixo mutis cara ao Casco Vello.

2

Trasladeime directamente á comisaría de policía do barrio, onde tiña un par de amigos, o inspector Guerrero e o inspector De la Peña, aos que lles axudara a resolver algúns casos.

Fixéronme esperar, claro. Sempre te fan esperar, aínda que a persoa á que queres ver non estea facendo nada. Imaxínoos comentando: «Quen é?», e o garda da porta: «Ese rapaz do barrio, o que vai de detective», e ademáns e acenos de cansazo, amolados, pero, vaia, algunhas veces tennos botado unha man, e o rapaz sabe cousas do barrio que a nós nos escapan, e, de acordo, veña; por fin dígnanse levantar o cu da cadeira e veñen verme, sempre todos sorrintes, espléndidos, «Home, velaquí temos o noso Flanagan...!».

Houbo un tempo en que me facían esperar nunha sala cutre, con fendas nas paredes, compartindo banco con algún home mal barbeado, sucio, derrotado e esposado. Hoxe en día, isto cambiou. Remozaron a comisaría, e as paredes son brancas e limpas, e as cadeiras, forradas e cómodas, e aos detidos agáchanos nalgures para que non boten a perder todo aquel esforzo de deseño. Mesmo hai unha mesa baixa con publicacións semanais.

Fixeime nunha revista desas do corazón que, en primeira plana, proclamaba a aflición dunha actriz de cine noviña á que lle roubaran unha valiosísima colección de xoias. Folleei a revista. Eses temas sempre me interesaron. Nas páxinas interiores, podíase contemplar a fotografía da famosa actriz tapando a cara co pano co que secaba as bágoas. Declaraba, nunha entrevista, que o máis importante para ela era o valor sentimental daquelas xoias, pois eran un recordo do seu home octoxenario, falecido había uns meses. Noutra instantánea víase o chamado «tesouro Almirall», unha serie de colgantes, colares, aneis, brazaletes e pendentes onde se combinaba o ouro, o platino e as pedras preciosas, no estilo que se coñece como *art déco*. E, por fin, un retrato en branco e negro do xoieiro Almirall, que deseñara aquelas pezas durante os anos vinte.

A reportaxe estaba subliñada e había anotacións nas marxes, coma se se tratase dun artigo científico lido por un erudito profesor de universidade. Claro: estaba nunha comisaría de policía. Detrás de «Os ladróns levaron a caixa forte coa intención de abrila lonxe do lugar dos feitos, na súa gorida», o experto lector engadira sete signos de admiración (!!!!!!!) Recoiro, como lle impresionara aquel detalle.

Veume buscar Guerreiro, un inspector de cute picada de varíola que sempre ten cara de ferreiro, mesmo cando está de boas.

—Eh, Flanagan –saudoume, coma se a miña presenza constituíse unha contrariedade insuperable–. Mira a quen temos aquí. Pasa, pasa –engadía, no mesmo ton que utilizaría para dicir «que che dean bertorella».

Non obstante, eu sabía que se alegraba de verme.

Mentres camiñabamos por un corredor, el diante e eu atrás, pregunteille:

—Como levades o do roubo das xoias Almirall? Xa sabedes quen o fixo?

—A min non me preguntes –dixo–. Iso lévano os de arriba, o Grupo de Atracos. Nós non temos categoría abonda...

Entramos nunha sala na que había seis ou sete mesas con ordenadores. Algúns policías de paisano redactaban informes, moi concentrados no seu traballo.

Con xesto displicente, Guerrero sinaloume unha cadeira. Eu sentei e el puxo unha perna enriba da mesa, de xeito que me miraba de arriba abaixo, como miran os deuses dende o ceo ou os sacerdotes dende o púlpito.

—Que queres?

Entrei en materia, para non facerlle perder tempo.

—Que sabedes dun magrebí que vive na praza dos mouros e que se chama Omar Hiyyara?

Guerrero, sen querer, mirou para un compañeiro, despeiteado e desleixado, que petaba no teclado dun ordenador.

—Eh –dixo–. Oíches, Talbot, este pregunta por Omar. Sen apartar a vista da pantalla, mentres acababa de escribir unha frase inspirada, o outro dixo:

—Hostia, Omar o Petos.

Despois, levantouse e camiñou cara a nós, algo amuado.

—Para que o buscas?

—Busco o seu fillo.

Guerrero mirou ao tal Talbot. Quedaba claro que era o experto na familia Hiyyara.

—Si, creo que ten un rapaz –dixo Talbot, inseguro.

—Chámase Alí.

—E para que lle buscas o fillo?

Iso é o que pasa cando falas coa policía. Vas á procura de información e son eles os que cha sacan.

—Por encargo dun cliente. Teño que gardar o segredo profesional.

O do segredo profesional fíxolles graza. Polo menos, a Talbot, ao que por poucas non lle escapou a risa. A Guerrero non tanta. Aquel home debía de ter un problema; almorrás crónicas, unha sogra odiosa apalancada na súa casa, un pai que lle berraba porque se fixera policía en vez de facerse camareiro. Quen sabe.

—Mira... –empezou.

—É igual –freouno Talbot, que polo menos parecía máis amigable–. O rapaz está co seu pai. E o pai está en busca e captura.

«Un roubo», dixérame Lahoz.

—Por que?

—Un roubo no barrio. Nada do outro mundo, pero o caso é que a garda urbana foino buscar á casa e non estaba. Así que xa te podes ir esquecendo, non o vas atopar.

—Ben, pero podo intentalo... Onde foi ese roubo?

—Na dos mouros –dixo Talbot, nun ton que deixaba claro que non pensaba concretar máis–. Uns días antes, discutira co propietario dunha tenda. E volveu para roubar e, de paso, agrediuno por atrás. Delincuente, rancoroso e traidor. Xa ves con que xentalla tes que tratar.

—Seguro que foi el?

—Deixou a súa firma. Caeulle a tarxeta da Seguridade Social na tenda. Atopárono os da garda urbana. O tendeiro, atordado e mareado, que non sabía nin onde tiña a man dereita, e alí, nun curruncho, o documento delator.

—E andades a buscalo?

—Depende do que entendas por «buscar» –dixo Guerrero–. Demos voces a algúns confidentes e xa nos informarán de onde está cando o saiban. Pero non temos tempo nin cartos para ir buscando pola rúa todos os chourizos de pouca monta do barrio. Se roubase algunha cousa de valor, ou lle fixeran dano de verdade ao tendeiro... Pero só levou catro patacos.

Sinalándome co dedo índice, Talbot considerou imprescindible puntualizar:

—En todo caso, para o que ti buscas, abóndache

con saber que Omar o Petos pode ser un delincuente menor, pero que esa xente é perigosa.

—Ten antecedentes? –Lahoz dixérame que non os tiña.

—Deica agora, nada que chegase ao xuíz, o que non significa que nunca fixera nada. Xa ves, cómpren probas –rosmou Guerrero, como se a esixencia de probas para poder condenar alguén fose un capricho inventado polos xuíces para complicarlles o traballo.

—Resumindo –dixo Talbot–: Non che convén meterte, rapaz.

—Flanagan –apuntoulle Guerrero–. O seu nome de guerra é Flanagan.

—Ah! Este é o famoso Flanagan? Imaxinábao. A min chámanme Talbot.

—Chámase Mataporquera –interveu Guerrero cun medio sorriso cruel, coma se desvelase un segredo vergoñento.

—Chámanme Talbot –puntualizou o damnificado, con énfase–. A ti chámante Flanagan e a min, Talbot. Nesta comisaría son o experto en inmigración, e cando precises algunha información do asunto, pregúntame a min. Pero escóitame ben, Flanagan, tanto me ten o motivo polo que buscas o seu fillo, dáme o mesmo que cho encargase unha mouriña que se namorou del, pero a Omar Hiyyara nin te achegues. Non te achegues a el porque podes levar un desgusto. E se sei que o fixeches, levas unha labazada, que non vai ser nada comparada coa malleira que che daría el se che descobre cheirando ao seu arredor. Ou sexa, que deixa este caso, de acordo?

Traguei saliva. Tusín.

—Eu só estou buscando o fillo –dixen–. O fillo de Omar Hiyyara. Alí.

39

Pechou os ollos e volveunos a abrir para darme a entender que pasaba dos fillos de Omar Hiyyara.

Supoñendo que non lles sacaría nada máis, levanteime da cadeira, deilles as grazas dun xeito efusivo e fun cara á porta.

—Ah –dixo o experto en inmigración.

Volvinme cara a el.

—... Pero, en caso de que foses tan parvo como para seguires metendo o fociño onde non te chaman, calquera cousa que saibas dese Omar vésma dicir, de acordo? Pero axiña. Coma se che metesen un foguete no cu –concluíu, en ton ameazador.

3

Antes de volver á praza dos mouros, pasei por unha tenda do barrio e merquei unha bolsa de coiro negro cunha asa longa que permitía levala pendurada do ombreiro. Merquei tamén un moedeiro pequeno, produtos de cosmética, un espelliño e unha estampa de San Xoán Bosco. Fixen unha copia das chaves e púxenas dentro dun chaveiro que representaba un pallasiño espantoso. Despois, avelleino todo ben avellado fregándoo coa area dun parque infantil que había polo camiño, ata que o bolso e o moedeiro pareceron moi usados e a pintura do pallasiño se borrou nalgúns puntos. Enganchei a asa longa da póla dunha árbore e pendureime dela con forza, ata que rachou.

A seguir, no retrete dun bar, quitei a chaqueta do traxe e a camiseta de Mötorhead e substituínas por un polo moi vello, que sempre estou por tirar. Despeiteeime e puxen unha gorra de béisbol. Sen as gafas negras, xa ninguén podería recoñecer en min o home que pouco antes cruzara a praza de Sant Columbano como se só estivese de paso. Colguei a mochila ao lombo, e aquilo facíaa máis mochila e menos bolso ou maletín.

A segunda vez que finquei o pé na praza, a miña actitude era moi diferente. Xa non era un paseante que non se fixaba en nada, senón alguén que tiña un obxectivo moi claro e que avanzaba cara a el con moita determinación.

O meu destino eran os nenos que antes xogaban ao baloncesto e que agora estaban sentados nun banco, ao lado duns contedores de lixo, cuxo fedor non parecía afectarlles en absoluto.

Eran catro, todos magrebís, todos sucios e co cello engurrado, empeñados en acovardar ao forasteiro, sobre todo se o forasteiro era branco coma min.

—Onde está Alí? –preguntei.

Miráronse.

—Entendedes o que vos digo? Falades o meu idioma?

Miraron para min sen facer ningún movemento, o que era un xeito de dicir «a ti que che importa», no caso de que realmente entendesen o que lles dicía. Tiñan o cello engurrado coma vellos e duros malos de película. Un, un cagarría, era torto: tiña o ollo esquerdo medio pechado, a eslerótica e a meniña cubertas por un veo esbrancuxado. E non lle parecera oportuno agachar o ollo inservible detrás dun parche de pirata ou dunhas gafas.

—Vaia –conformeime.

Sentei no banco, ao seu lado, indiferente ao feito de que isto os obrigaba a desprazarse para facerme sitio, e abrín a mochila. Sabendo que me estaban a observar, malia a aparente indiferenza hostil daqueles rapaces, saquei á luz o bolso da asa rompida e baleireino no banco. A estampiña, as chaves, os produtos de cosmética... Que pensaran o que quixeran. Ou non, mellor que pensaran exactamente o que eu quería: que o acababa de roubar. Abrín o moedeiro. Estaba cheo de moedas e de billetes. Seleccionei catro billetes de cincuenta e, igual que fixera Oriol Lahoz comigo, achegueinos á cara do rapaz torto que, ademais de torto, era o máis pequeno e tiña cara de ferreiro.

—Ides ver a Alí? –preguntei. Era evidente que a súa firmeza ameazaba con esboroarse–. Ides velo ou non?

—Alí non está –dixo o rapaz torto. O seu ollo san bateu cos billetes e, axiña, buscou os meus. E engadiu nun castelán moi correcto, que demostraba que fixera todos os estudos neste país–: Alí é un ladrón. Alí e mais o seu pai son ladróns. Alí gabea polos canos, métese por fiestras moi pequenas, coma un lagarto, e entra así nas casas, e nos almacéns, e ábrelle a Omar dende dentro. Non o cres?

Eu non era consciente de ter feito ningún xesto de incredulidade.

—Non me cres? Teño probas. Ven.

Botou a andar e os outros rapaces seguírono, moi obedientes, e eu detrás.

—A min, o que me interesa, é saber onde están agora Alí e o seu pai –dixen–. Teño que darlle estes cartos a Alí.

—Dáme os cartos –dixo o pequeno torto–. Xa llos levo eu.

Sorrín:

—Iso significa que sabes onde se agacha.

—Non se agacha –interveu, imprudente, un dos outros rapaces, un alto e delgado, cangado e de ombreiros caídos–. Debe de estar coa súa curmá Aisha, na granxa...

42

—Cala a boca! –exclamou o torto, todo cheo de autoridade.

—Dixéchelo ti –insistía o impertinente–, que seguramente fora á granxa de Corbera...

—Que cales a boca!!

A mirada furibunda foi coma unha labazada para o bocalán, que baixou a vista con veneración case relixiosa. Vino moitas veces; persoas de pouca altura e complexión débil que compensan o seu aspecto vulnerable cunha enerxía eléctrica que os converte en líderes do grupo. Aquel rapazolo era, sen dúbida, o xefe da banda.

Chegaramos a un descampado que se abría máis alá dos edificios. Contra a fachada posterior que tiñamos diante, unha montaña de cascallo e lixo formaba unha rampla que non presentaba moitas dificultades para gabear por ela. Xunto ao curuto, había un fachinelo moi pequeno, probablemente dun retrete.

—Ves? –dixo o pequeno líder torto, ao tempo que gabeaba ao terraplén cunha axilidade prodixiosa–. Alí subiu por aquí, ata esta ventá. Por ela éntrase á tenda da rúa do Empedrado. Cando estivo dentro, percorreu a casa ata que deu coa porta e abriulle ao pai.

Ou sexa, que aquel era o roubo que fixera fuxir a Omar e do que me falaran os policías e Lahoz. Pero ata aquel momento ninguén mencionara a suposta participación de Alí no delito.

—Que roubaron? –preguntei.

—... Crían que o dono da tenda non estaba –continuaba o torto, coma se non me oíse–, pero resulta que si, que estaba e espertou ao sentir ruído, e bateron nel cun pau e deixárano noqueado. Cando veu a garda urbana, Omar e Alí xa liscaran.

—E iso cando foi?

43

—O martes pasado.

O martes, día 17. Tal como me dixera Lahoz.

O torto detivérase moi preto de min e torceu o pescozo para mirar o horizonte, ao outro lado da praza. Eu aínda tiña os billetes na man. Fíxenos bailar preto do seu rostro, imitando a Lahoz.

—Oes, se es amigo de Alí...

—Non son amigo de Alí –resistiuse.

—Esa granxa de Corbera...

—Non está na granxa de Corbera. Sería o primeiro sitio onde irían buscalo.

—Ou sexa, que está agachándose. Quen máis o busca?

—Que quen máis o busca? –pronunciou amodiño, sen apartar a mirada daquel punto concreto. E alzou as cellas, como invitándome a mirar tamén a min naquela dirección.

Caín na rateira. Dei a volta e, daquela, dunha gadoupada, ripoume os billetes que tiña na man. Non só os catro billetes de cincuenta euros, senón todo o que sacara do bolso. Os meus douscentos euros e pico. Que espelido, o rapaz! Seguro que levaba xa tempo calculando o golpe. Antes de que puidese reaccionar, os catro colegas xa saían frechados e estaban fóra do meu alcance.

—Eh! –berrou daquela o torto, dirixíndose a dous homes que nos observaban dende un banco que estaba alí preto. E engadiu algo parecido a–: Affaruq! –E en castelán, para que eu puidese entendelo–: Este está buscando a Alí e mais a Omar!

Os dous homes reaccionaron como autómatas. De súpeto, viñan cara a min cunha decisión alarmante. O neno fuxía rindo. Quedei con aquela palabra, *Affaruq*, e pregunteime que podía significar. Era un nome? Ou sería unha orde como «Colédeo»?

Eran altos e fortes, robusto e rexo un deles, con músculos marcados e un bigote grandísimo; o outro delgado e fibroso, como tallado en madeira, coa cabeza rapada, os dous con cellas grosas cravadas en V sobre miradas terribles, que farían gozar a un director de cásting dunha película gore. Déronme medo. Vinos demasiado decididos, demasiado interesados en min, demasiado maiores e de aspecto demasiado perigoso.

Nun segundo, adiviñei que non me ofrecerían a posibilidade dunha conversa civilizada nin moito menos de que os sometese a un hábil interrogatorio. Non podía sacarlles ningunha información, de modo que era absurdo quedar alí plantado. Lembraba as advertencias dos meus amigos policías.

De maneira que, cando estaban só a cinco pasos de min, dei media volta e botei a correr con todas as miñas forzas.

A un detective máis lle vale entrenarse para bater a marca dos cen metros lisos. É esencial para saír de transos deste tipo.

4

Pero non fun demasiado lonxe.

Fíxenlles crer que estaba aterrado, que a miña carreira frenética era das que non se deteñen ata que te atopas debaixo das saias de mamá ou da cama, tremendo de espanto e rezando unha chea de oracións protectoras. Non obstante, cando os perdín de vista, volvín atrás dando un amplo rodeo.

Non cría que estivesen agardándome, porque unha persoa que corre como eu corría dá a entender que non ten intención de volver a probar sorte.

Localicei axiña a rúa do Empedrado, e o edificio

onde me acababan de dicir que roubaran os Hiyyara, pai e fillo. Había unha tenda, efectivamente. Ultramarinos Gironés. Un pequeno súper de non moitos metros cadrados, cos escaparates cubertos de anuncios de espectáculos ou salóns de peiteado ou carnicerías en letras árabes.

Entrei. Froitas e verduras expostas en caixas, no centro da tenda. E andeis ateigados de latas e produtos de limpeza. E un frigorífico para os lácteos e outro para os conxelados. E, detrás dun mostrador onde se vía unha caixa rexistradora do trinque, un home aburrido lendo nun xornal deportivo e vixiando a unha señora con moño que escollía na froita, como convencido de que se lle quitaba o ollo de enriba, íalle roubar algo.

Malia pasar dos corenta, de lonxe parecía un neno moi voluminoso. Tiña o pelo negro abundante e lacio, peiteado con raia a un lado e cun penacho revoltoso no curuto. Perdidos nun rostro ancho coma un molete de pan, había uns ollos inxenuos e curiosos, un nariz mínimo e unha boca pequerrecha, afundido todo entre a abundante carne das fazulas. No queixo, non tiña nin rastro de pelo. Fíxome pensar no neno gordo do que sempre rin na clase e que se refuxiou na comida como única fonte de pracer, e iso derivou nunha obesidade que aumentou aínda máis as burlas dos compañeiros e que creou un círculo vicioso difícil de deter. Vestía unha camisa branca cos picos por fóra duns pantalóns de fío moi engurrados.

Cos cartos soltos que me quedaran no peto do pantalón, merquei froitos secos. Améndoas, abelás, pasas. Mentres mos pesaba e me dicía a cantidade que lle tiña que pagar, pregunteille de súpeto:

—É certo que a semana pasada lle roubaron?

46

O home miroume coma se sospeitara que eu tamén me propuña atracalo. Antes de que puidese falar, adiantóuselle a señora do moño:

—Si, fillo! Roubáronlle e agredírono!

O tendeiro emitiu un griñido que podía interpretarse coma un «vostede non se meta». Aquel home non parecía moi comunicativo.

—Fixéronlle mal?

—Non! –dixo o home, con xesto de «parvadas».

—Déronlle por atrás, na cabeza. Foi un mouro –volveu adiantarse a señora do moño–. Foi o mouro aquel co que discutiu uns días antes, non?

O tendeiro non tiña ganas de falar daquilo, mais tampouco non quería desairar a súa clienta.

—Non o sei –rosmou–. Iso é o que di a policía. Mais eu non vin nada, porque perdín o coñecemento.

—Perdeu o sentido e estivo así un mundo de tempo! –berrou a clienta.

—Ao mellor foi outro mouro, que neste barrio hai fillos de puta a moreas. Xa llo dixen á policía. Eu non o vin. Atacoume polas costas e a traizón, que se o chego a coller de cara...

—Roubáronlle moitos cartos?

—O solto. Catro patacos da caixa rexistradora. Rexistrárono todo, deixáronmo todo feito un desastre, rebentáronme a caixa e batéronme na cabeza por unha merda de catro cadelas.

—Por que discutiron? –preguntei.

A miña pregunta superpúxose outra da señora do moño, que lle pedía ao tendeiro que lle axudase a escoller un melón. O home gordo dedicoume unha mirada amolado, como se empezara a pensar que me pasaba de curioso. Abandonou o mostrador, que era como un parapeto e exclamou:

—Eu que sei por que discutín! Nin me acordo do mouro co que discutín! A policía di que é o raio do Omar, porque atoparon non sei que papel no chan. Eu que sei! Eu non vin ese papel, porque estaba atordado polo golpe...

Virouse cara á clienta e daquela vin que lucía no couquizo un croque coma un puño. Recordei que Talbot me dixera que o tendeiro non sufrira ningunha lesión e, dalgún xeito, dera a entender que este feito, xunto co pouco valor do roubado, era o que relegara aquela investigación a un segundo plano, para darlle preferencia a outros casos máis graves. Pero, recoiro, un golpe na cabeza é un golpe na cabeza, e perder o coñecemento é máis grave do que nos ensinan nas películas e nas novelas. Cando un profesor do instituto caeu polas escaleiras e quedou inconsciente, levárono ao hospital e tivérono en observación facéndolle un mundo de probas. E aí estaba o sufrido tendeiro dicindo: «Non, nada, non foi nada!» e, polo que parecía, cando chegou a garda urbana, ía dun lado a outro coma un pato mareado, sen ver o que tiña diante dos fociños. Por que lle quitaba importancia á agresión? Dáballe igual que collesen o ladrón ou non? Ou era que non tiña fe na policía?

—E xa colleron o mouro? –dixen, para prolongar a conversa, sabendo de sobras que non o colleran.

—Non. Este é un barrio de cabróns –dixo o home.

—Iso foi o martes pasado, non?

—Si, señor, o martes pasado, día 17. –Estrullaba melóns coas dúas mans, á procura dun maduro–. Cantos días pasaron? Tanto ten. Que fixo a policía? Nadiña. Pode vir calquera chourizo e roubarme todo canto teño e ca!, a pasma non fai nada. Ata que me cabree e merque unha escopeta. E daquela, vou e mato un e métenme a min no trullo. Éche o que hai. –E deume as costas, como para deixar claro que daba por rematada a conversa–. Este estalle maduro, señora.

Ao saír, fixen un esquema mental do que sabía. Máis ou menos, todo coincidía. A discusión co tendeiro, o roubo e a agresión. Non obstante, o feito de que o tendeiro non vise a Omar, fíxome pensar na posibilidade de que tanto el como Alí foran inocentes. Por pura deformación profesional, considerei unha teoría alternativa: E se o tendeiro inventara o roubo para vingarse de Omar, con quen discutira? Non, aquel croque non era ningunha invención. E, ademais, neste caso, non tería por que dicir que non o vira. E neste caso, tamén sería máis lóxico que dixera que lle roubaran cousas de valor. Ademais, estaba a proba da tarxeta da Seguridade Social, que Omar perdera no interior da tenda. E se fose Lahoz quen o preparara todo, para comprometer a Omar?

Decidín tomalo con calma. O máis importante era concentrarme en atopar a Alí.

5

Dixera que non me poría a investigar ata o luns, e estabamos a sábado, o primeiro sábado das vacacións, e tiña moza, de maneira que decidín non quentar o cabazo durante a fin de semana, e que a reservaría para o lecer e o descanso ben merecidos.

O problema é que a miña cachola, cando se empeza a quentar, é moi mala de arrefriar. Non hai termostato que regule a temperatura das neuronas. E, mentres me duchaba, non puiden evitar perderme en consideracións sobre a chamada Aisha, curmá de Alí.

49

Se había sorte, sería curmá por parte de pai e, en tal caso, levaría o mesmo apelido que Alí: Hiyyara. Aínda máis: se era curmá de Alí, iso significaba que tiña preto outros parentes que poderían facerse cargo del, e que talvez non estarían de acordo con que o levasen os avós maternos.

Despois de vestirme de neno pera, e como aínda quedaban uns minutos, deiqueime a navegar por Internet, tratando de localizar onde estaba a vila de Corbera. Encontrei dúas fóra do meu alcance: Corbera d'Ebro, na provincia de Tarragona, e outro Corbera, en Valencia. Máis cerca, na zona de Molins de Rei, había unha terceira: Corbera de Llobregat, que tiña moita sona porque alí se representa o nacemento vivente máis antigo de Cataluña. Cun pouco de sorte se cadra atopaba alí a tal Aisha (Hiyyara?), curmá de Alí, e quizais ó propio Alí.

Moita sorte ía ser esa.

Seguín dándolle voltas ao asunto mentres viaxaba no metro, lembrando o berro «Affaruq» do líder pequeno e torto (que talvez fose «Ah, Faruq!»), e preguntándome quen serían e que querían aqueles fulanos que me perseguiran. E fun recapitulando, e reconstruíndo sospeitas, convencido de que me faltaban datos, de que nin Lahoz nin o líder torto nin a policía, e nin sequera o tendeiro me falaran claro, e decidín que descubrir o que me ocultaban formaba parte do meu traballo. Por onde empezaría o luns, cando me puxese en serio coa investigación?

Con Nines quedara para ir ao teatro, e xa non tiña moitas ganas. Primeiro, porque a obra non me interesaba demasiado, e segundo, porque con toda probabilidade perdería os diálogos, obsesionado como estaba en darlle voltas ao caso de Alí. Pero, ao chegar á súa casa, descubrín que a velada non ía ser exactamente tal como eu a imaxinara.

Cando me abriu a porta, Nines tiña as cellas arqueadas e dedicábame un aceno de desolación, como dicindo: «Non puiden impedilo!».

—Que pasa?

—Invasión –anunciou.

Levoume á gran sala con cristaleira aberta ao vizoso xardín exterior e alí comprobei que os bárbaros invadiran a súa casa.

Ou sexa: unha panda surtida dos seus amigos e compañeiros de escola pera, improvisando unha especie de festa, cuxo obxectivo final (a xulgar polo feito de que todos tiñan un vaso na man) era saquear o bar dos pais de Nines.

Aínda que debía de haber unha ducia ou máis de mozos e mozas, en quen primeiro me fixei foi en Carla, sentada no sofá, e no seu amigo Hilario; e Lourdes e Román, que coñecera o ano anterior esquiando en Termals[3]. Non obstante, agora Lourdes estaba colgada do pescozo doutro rapaz alto e delgado, cos cabelos en punta formando unha crista relucente e endurecida pola brillantina.

—Eh, Flanagan –saudoume Hilario con entusiasmo de amigo da infancia–. Estamos celebrando o final de curso, a vitoria sobre a opresión, o día que os escravos recobran a liberdade!

Asemade, Carla incorporouse dun chimpo e veu cara a min. Amosoume a punta da lingua, acariñoume a meixela co dorso dos dedos e deume un, demasiado cerca do rebique dos beizos. Por riba do seu ombreiro vin que Hilario me contemplaba sorrinte, compracido

---

3. *Os vampiros non cren en Flanagans.*

co que vía. Non me dixera Nines que eran mozos? Carla tamén quedou mirando para min, moi sorrinte. Mais eu non conseguía verlle a graza a todo aquilo. E pareceume que Nines tampouco.

—Eh, ola, estabamos agardando por ti. Que vas tomar?

—Unha cervexa?

—Vou por ela –dixo Carla, mentres se afastaba cara á cociña.

—Bebida proletaria –sentenciou o da crista con brillantina, enroscado en Lourdes.

As cristaleiras estaban abertas e a festa prolongábase no xardín. Alí había outra panda, todos de pé, apiñocados ao redor dunha moza que, sentada ante unha mesa de teca, manipulaba un ordenador portátil.

—Que fan? –pregunteille a Nines.

—Déixaos, esa tía é imbécil.

—Quen? –por un momento pensei que se refería a Carla.

—Crissy, a do ordenador.

—Boh, é que están algo cheos –dixo Hilario.

Levado pola curiosidade, deixei atrás a Nines para saír ao xardín. A rapaza á que chamaban Crissy, que estaba sentada diante do ordenador, era unha morena de beizos grosos e ollos castaños de mirada húmida. No momento en que me acheguei a onde estaba, vin que tiña a blusa desabrochada e que se acariciaba os peitos cunha man mentres tecleaba coa outra. Localicei axiña a *minicam web* que a enfocaba, o ollo de cristal incrustado no marco da pantalla, á cal lle ofrecía aquel espectáculo erótico. E, debaixo, na pantalla, había aberta unha ventá de *webcam* do *messenger*, onde se vía un rapaz negro africano, cos ollos moi abertos e un brillo de suor na pel. Unha suor da que seguramente, a temperatura do seu país fose a que for, non tiña culpa ningunha.

—Recoiro, puxéchelo a cen! Védelo? Puxéchelo a cen! –rían os outros–. Es a caraba, Crissy!

—Oíches, a ver se podes repetir o do outro día, aquel que lle fixeches lamber a pantalla do ordenador!

—Dille que a enfoque!

Mexaban coa risa.

A rapaza tecleaba rapidamente cunha soa man, demostrando que aprobara con nota un curso de mecanografía. «Let see it, honey!», e o negro alzou un brazo cara á súa cámara e o enfoque empezou a baixar.

Eu apartei a mirada e afasteime uns metros. Agora, as gargalladas xa eran escandalosas.

—Vaia parvada –dixo Hilario, que me seguira–. Só é un xogo. Chámanlle «quentar o *pringao*». Ou «o *colgao*», ou «o saído», ou a quen atopen ao outro extremo de Internet... Trátase de...

—Vale, vale, xa o entendín.

—Rapazalladas.

—Claro.

Caíanme mal. Non podía evitalo. Quentar o «*pringao*».

Como chamaría Carla ao que intentara facerme o día anterior? Quentar o «ghebo»? Fora ese o motivo da súa visita?

No momento en que reaparecía Carla cunha Coronita nas mans, oín detrás miña a voz doutro que acababa de chegar:

Recoiro, que ben, Crizzy! Xa o eztadez gravando? Temoz que enzinarllo a Erreá!

Sacudiume unha especie de terremoto interno. Dei a volta e recoñecín a Tito Remojón, «Zopaz» e pallaso, ao que coñecera en Sant Pau del Port. Non podía esquecer que Tito era un dos que me abandonaran no medio do mar, só polo chiste, para pasar o tempo. Lembro aquel incidente e véxome aterrorizado, chorando e berrando, convencido de que me esperaba unha morte horrible.

Non obstante, non era a súa presenza o que me provocara o terremoto interior, senón a mención doutro membro da panda. Erreá.

—Vai vir Erreá? –pregunteille.

—Recoiro, Flanagan! –dixo Tito. Parecía un pouco confundido–. Non te vira!

—Vai vir?

Tito Remojón non sabía que dicirme. Parecía convencido de que metera a zoca. Consideraba que falar de Erreá diante miña era inconveniente e temerario.

—Cando remate a carreira, dentro de oito ou dez días, supoño que virá –interveu de repente Hilario.

—Erreá? Que carreira? –preguntou Nines, desconcertada, aparecendo de algures cunha Pepsi nas mans.

Mirabamos todos a Tito, que era o que mencionara a Erreá en primeiro lugar, mais este, cun aceno, cedeulle a palabra a Hilario.

—Oístes falar da Transeuropa? –Claro que oíra falar daquilo. Unha carreira clandestina para millonarios aburridos, dende Xibraltar ata o Cabo Norte, cruzando toda Europa en coches de luxo, por estradas e autopistas abertas ao público. O día anterior pasaran por Cataluña e a policía parara algúns dos participantes por exceso de velocidade. Aquilo causara algo de rebumbio nos telediarios–. Pois Erreá participa nesa carreira, oíches. Tito está en contacto telefónico con el. Están á altura de París e vai de segundo, non si, Tito?

Por fin, Tito foi quen de reaccionar:

—Zi. E vai nun Bentley, oíchez! Di que lla xogaron,

que ze puxo a douzcentos corenta por hora, que por poucaz non o colle a policía franceza!

—Pois eu cría que estaba na cadea! –dixen, con moi mala idea.

Comentario voluntariamente inconveniente que provocou caras de consternación entre os nenos peras que se achegaran a ver de que falabamos. «Na cadea?», parecía que dicían. «Como pode ir á cadea un dos nosos?»

—Vaia, non. Zó eztivo dúaz zemanaz e dezpoiz, no xuízo, zuzpendérolle a condena...

Eu xa o sabía, claro. En realidade, se Erreá pasara quince días na cadea fora, en primeiro lugar, grazas a si mesmo, pois intentara extorsionar a seu pai e, en segundo lugar, grazas a min, que o descubrira. Pero ante a policía e o xuíz, o seu pai botárase atrás, e os seus avogados case conseguiran reducilo todo á categoría de broma xuvenil. De non ser polo fiscal, soltaríano pedíndolle desculpas. Así e todo, saíulle barato (non tanto aos seus cómplices, os irmáns Brotons, dos que non soubera nada máis): dúas semanas en prisión preventiva, liberdade baixo fianza pagada polo pai e, no xuízo, unha condena de dous anos que lle suspenderon. Despois diso, o seu pai enviárao a unha academia militar aos Estados Unidos, coa idea de que lle aplicaran un pouco de man dura para reformalo.

Descubrir agora que roldaba polo mesmo continente onde estaba eu non me chistaba nada. Aínda que se dirixise a toda velocidade ao punto máis afastado posible daquel en que me atopaba.

—Esas carreiras son ilegais –non puiden evitar dicilo.

—Vaia, eles asumen o risco e iso debe de formar parte da emoción –razoou Hilario–. Pódeos coller a poli, poden empotrarse contra unha árbore... Hai que telos ben postos.

—E se collen alguén? E se esmagan un coche cunha familia enteira dentro? Tamén hai que telos ben postos para facer iso?

Notáraseme a mala hostia máis no ton ca nas palabras. Nines agarroume pola manga.

—Veña, déixao.

Lourdes e o ghicho da crista apareceron no momento máis oportuno.

—Eh, non temos que decidir o que imos facer pola verbena?

Ninguén lles fixo caso. Alguén puxo a Lenny Kravitz no equipo de música, todos empezaron a falar co que tiñan ao lado, e Hilario veu cara a min e deume unha pancadiña afectuosa no brazo.

—Perdóaos, irmán, que non saben o que din. Tes razón. O que pasa é que o aspecto de aventura desa carreira abraia un pouco... Pero é unha imprudencia, abofé...

—Vale, vale. –Non tiña ganas de darlle conversación.

Aínda tiven que facer outro caneo para esquivar a Carla, que viña cara a min, sorrinte coma unha cazadora de autógrafos profesional.

Nines e mais eu refuxiámonos nun recuncho. Bisbabamos:

—Non me gustan –dicía eu.

—Ti míralos mal porque es un proletario resentido e rebelde –dicía ela, con retranca.

—Por que non escapamos?

—E deixar sós a eses vándalos na casa dos meus pais? E que veñan e os atopen aquí, borrachos empoleirados aos mobles?

—Van subir aos mobles?

—Hilario é moi capaz. E, se o fai Hilario, tamén o

fará Tito Remojón. E Lourdes levará a Sandro ao dormitorio dos meus pais, e diso nada.

O da crista de brillantina chamábase Alexandre e chamábanlle Sandro.

—É que se pasan moitísimo, Nines.

—Uns pásanse e outros non –dixo, moi ecuánime–. Ou no teu barrio non facedes falcatruadas? –Facémolas, claro. Niso tiña razón. Pero, no meu barrio, non sempre temos a impunidade garantida, coma eles–. Non todos son iguais –continuaba Nines–. Uns son mellores do que parecen e outros son peores do que parecen, como en todas partes.

—Hilario, Carla...?

—Eses pertencen ao primeiro grupo.

Déronme ganas de contarlle con todo detalle o numeriño que montara Carla o día anterior, no meu despacho. Tamén tiña ganas de preguntarlle por Erreá, que había uns anos, cando o coñecera, exercía de mozo seu. Pero todas esas eran cuestións que só podían rematar de estragarme a festa, de modo que optei por evadirme e conteille o caso que tiña entre mans, o que soubera sobre Alí e Omar, o que vira aquela mañá na praza dos mouros.

O intento de fuga tamén me saíu mal. Porque, de súpeto, resultou que Hilario e Carla estaban detrás do sofá que ocupabamos, escoitando as miñas palabras, e el meteu baza:

—Eh, que interesante! E onde dis que se agacha este mouro? En Corbera?

—Eh! –berrou Carla, atraendo a atención de todos–. Por que non imos mañá a Corbera, a ver se o atopamos?

—Porque non –dixen, rotundo.

—Eu non podo, rapacez –contestou Tito Remojón–. Mañá marcho a Zant Pau del Port.

57

—E nós tamén –dixo Lourdes, falando por ela e por Sandro–. Non iamos ir a Sant Pau esta noite?

—Pero onde facemos a verbena ao final? –preguntou Carla con certa inquietude, como se esperase a que eu me definise para sumarse á miña proposta.

A posibilidade de que foran a Sant Pau e nos deixaran en paz a Nines e mais a min encheu o meu horizonte de esperanza. Comuniqueilles deseguida que a radio anunciara que en Sant Pau habería un tempo espléndido nos días seguintes, con moito sol e un vento ideal para a navegación, e compraceume que todos decidisen marchar correndo a aquela vila da costa canto antes.

Nines sorríame, perversa.

Hilario achegouse a min de alí a un pouco, mentres os outros bailaban e miraban a tele sen son.

—Eh, Flanagan. En serio, gustaríame acompañarte mañá, a Corbera. Eu poño o coche. –Eu non dicía nada–. Boh, que tes? Perdoa se te ofendín. Eu só che quero axudar. Ti non tes coche, verdade? –Non, non tiña coche, non podía negalo–. Pois conta co meu. Collo o coche de meu pai, para impresionar aos mouros, que canto máis os abraiemos, máis cegos estarán e así sácaslles toda a información que queiras. E perdoa se te ofendín, hostia, de que vas?

De maneira que mirei ao chan e, despois de considerar que a súa compañía non podía facerme mal ningún, e despois de dicirme que talvez podía aproveitar a excursión con el para saber que raios andaba a argallar, asentín amodiño coa cabeza.

—Ben! –exclamou–. Guai! Si! Fiuu! Súper!

Espetoume un bico na meixela. Automaticamente, arrepentinme de mover a cabeza en sinal de afirmación. Non me chista o tacto dunha barba mal afeitada.

CApítulo 3

1

Como mínimo, sería unha agradable excursión de domingo.

Se a presenza intrusa de Hilario Charles Atlas non nola botaba a perder.

Presentouse cun impresionante Jeep Grand Cherokee, seguramente capaz de subir o Everest en quinta. Unha nova exhibición automobilística diante do bar dos Anguera.

E viña só. Con gorra de béisbol, gafas escuras e cazadora de coiro (coa calor que ía!). Parecía que se disfrazara. Daríalle vergonza que algún coñecido o vise no meu barrio.

—Pero, onde vas con esa pinta? –non puiden evitar dicirllo.

—Disfrazado, tío. Non imos de detectives?

Aquel plural non me gustou nada.

—E as mozas?

—Non veñen. Imos ti e mais eu falar cos mouros.

—Que dis? –sobresalteime. Investigar eu só, con Hilario? E Nines?

O jeep Cherokee xa se puxera en marcha e circulabamos polas rúas do barrio.

De súpeto, atacáronme dende o asento de atrás.

—Uuuuh!

As dúas rapazas, Carla e Nines, tan guapas e ridei-
ras, escachando coa risa ao ver a cara que se me puxera.

—Ho, que susto!

Así empezou a excursión, con moita alegría e con
moitas risas e moitos bicos –mua, mua–, dous a Carla,
nas meixelas, un a Nines, na boca (pero superficial,
para non escandalizar).

Hilario parecía eufórico, moi simpático, pletórico
de alegría.

—Recoiro, é que estou moi contento, onte acabei
de programar unha aplicación nova para o ordenador.
É unha aplicación estatística, de intelixencia artificial,
coma quen di. Utilicei como base correos electrónicos
de cen rapazas que coñezo e que teño clasificadas, ha,
ha. Resumindo, que agora, cando reciba un *e-mail*
dunha descoñecida, segundo o vocabulario que utilice,
poderei saber se está boa ou non. Que che parece?

Eu non estaba disposto a deixarme asoballar por
aquela exhibición de coñecementos informáticos.

—Un grande invento. Case tan útil coma o do
paracaídas que se abre por impacto.

Hilario ría feliz como só pode selo un rapaz de
dezanove anos que sabe que está san e que é rico, gua-
po e sedutor. Carla tamén celebrou o chiste cunha gar-
gallada estrepitosa.

E se eu facía chistes, Hilario non quería ser menos.

—... «O outro día estiven cunha muller espectacu-
lar! Unhas pernas longas e ben torneadas, unhas coxas
contundentes, talle de avespa e uns peitos...» E o outro
di: «E de cara?»...

Xa sei que é moi feo, que isto non se fai, pero non
puiden evitalo. Completei o chiste, que xa coñecía:

—«Ah, iso si, de cara, carísima!»

Aquel rapaz non me caía ben, non podía evitalo.

Pero el non se inmutaba. Era capaz de encaixar calquera cousa sen perder o sorriso.

—Ah, xa o sabías? É bo, eh? Ha, ha, ha! De cara, carísima, ha, ha, ha!

Eu miraba a Nines e ela engurraba o cello como recriminándome a miña mal disimulada hostilidade. «Por que es tan malo, Flanagan?», dicíanme aqueles ollos de cor mel. Pero tamén me dicían que lle gustaba que fose un pouco malo.

Carla púxome a man no ombreiro.

—E o teu pai déixache ese coche? –preguntei cando xa pasaramos a vila de Molins de Rei.

—Vaia, ha, ha, ha, o certo é que non llo preguntei, por se acaso. Pero a min cónstame que agora mesmo está ocupado noutras cousas.

—Ten garda no hospital, o teu pai? –preguntou Nines.

—Claro que non, o meu pai non ten que facer gardas. Eu non dixen que traballe, dixen que está ocupado. –Esperei unha aclaración, que chegou decontado–: Está ocupado buscando o coche! Ha, ha, ha!

Ha, ha. Que pavero, o ghichiño.

Sempre me gustou que a unha media hora en coche de Barcelona, ou sexa, a metade do tempo que se precisa para cruzar a cidade, podes atopar a aldea, pero aldea aldea, con fragas e lameiros e campos de labor e vacas e galiñas. Unha vida de aldea un pouco estragada polas segundas residencias e polos domingueiros de fin de semana coa súa presenza algareira e falsamente desenvolta, pero cun fondo de tranquilidade e autenticidade moi agradables.

Eu confiaba en que aquela vila fose a Corbera que buscabamos.

—Uns magrebís que teñen unha granxa? –contestounos un veciño cando lle preguntamos–. Queredes dicir uns mouros? Non teñen unha granxa. Eles son os coidadores. Vaia, se vos referides á granxa de Can Forani. Hai moitos mouros traballando por estas terras, pero os de Can Forani...

—Sabe se os de Can Forani se chaman Hiyyara?

—Non, non sei como se chaman. Son mouros.

Probamos con Can Forani. Seguindo as indicacións do amable paisano, cruzamos a vila subindo por unha ladeira e collemos un camiño sen asfaltar polo que o Grand Cherokee se desprazaba tan comodamente como se fose unha autoestrada.

Seguimos costa abaixo por un bosque de carballos e sobreiras e cruzamos un regato case enxoito para volver subir por un camiño cada vez máis estreito e irregular. Can Forani apareceu á esquerda, entre as árbores.

Iamos preparando a estratexia que tiñamos que seguir. A min dábame medo a presenza de Hilario e as súas posibles saídas de ton. Funos aleccionando:

—Escoitade: se ese rapaz que busco está aquí, probablemente andará agachado. Se entramos preguntando a saco, meterase dentro dun curral ou debaixo dunha cama ou fuxirá ao bosque, e non haberá maneira de atopalo...

—Ti tes que falar cunha nena, non? –preguntou Hilario coma se tivese a vara e a besta, como se alí o detective fose el.

—Que se chama Aisha, si, pero non creo que teñamos que preguntar por ela, porque...

—Ti déixame a min, Flanagan.

—Non, agarda...!

Demasiado tarde. Hilario xa saltara do vehículo e abría a porta de atrás. Díxome:

—Eu despisto aos adultos. Ti ocúpate da nena.

E dirixiuse todo decidido ata a masía, arrastrando a Nines. Ignorara completamente a existencia de Carla, que quedou canda min, observándome coma se pretendese verme o núcleo do cerebro e ler a letra pequena dos meus pensamentos. Case queda birolla por mor da intensidade da súa mirada.

—Imos –dixen, esquivando tanta curiosidade.

Na porta da masía, Hilario falaba con vehemencia e prepotencia cun magrebí alto e gordo, moi moreno, que vestía unha camiseta e pantalóns negros.

—Señor Hiyyara?

—Si.

Ben! Acertaramos!

—Chámome Hilario Farriols. –Hilario chocáballe os cinco con afectuosa enerxía–. Esta é a miña irmá Ánxela, Ánxela Farriols. Algún día oirá falar dela, é unha amazona de primeira. Agora, o noso pai quere mercar unha casa de veraneo por aquí cerca, pero non ten cortes e queriamos saber se aquí poderían gardarnos algún cabalo... Na vila dixéronnos que vostedes son xente de confianza...

Admirei a súa desenvoltura, o rachado que era, a súa capacidade de imporse ao outro e dominalo. Vin como puña a man no ombreiro do magrebí e o levaba cara ao interior da masía...

Vía libre. Carla e mais eu eramos uns amigos que acompañaban casualmente a aquel fillo de papá e que, excluídos da negociación, quedaban fóra, paseando, contemplando distraídos a paisaxe.

2

Rodeamos a casa, buscando a eira, os currais ou algunha maneira de introducirnos pola parte de atrás.

Sempre pendentes de que alguén puidese deternos. «Eh, onde ides?», «Só mirabamos, somos amigos do señor Farriols, o propietario deste magnífico Jeep Grand Cherokee». Sen problemas. Case me dá vergonza dicilo, pero gozabamos da sensación de superioridade do home branco e rico que non ten por que darlle explicacións ao inmigrante pobre. Non ofendiamos a ninguén, non causabamos mal ningún, pero tiven malas vibracións. Unha especie de remorso indefinido.

Acercámonos aos currais, a aquel fedor característico, noxento nun primeiro intre, pero tamén evocador dos veráns da miña nenez e, polo tanto, acolledor e familiar.

Alguén se movía entre as vacas no interior dun curral escuro, repartindo comida entre as pías. Detívenme, axexei a penumbra. Era unha nena vestida cunha bata a cadros.

—Aisha? –dixen dende a porta.

As vacas ruminaban, quietas coma troncos, dándolle só aos rabos reviritados. Por debaixo do pescozo dunha delas perfilouse unha cara sucia de ollos inmensos e brillantes.

Fíxenlle un xesto explícito a Carla, «ti non te metas, déixame a min», para previr interferencias.

—Moi ben –dixo ela, dócil, con sorriso de alumna abraiada polo seu mestre–. Queres que vaia apuntando o que diga esta nena? Tomo notas?

—Non, non fai falta.

A nena árabe xa se estaba achegando.

—Es Aisha? –preguntelle.

Estupefacta, moveu a cabeza arriba e abaixo.

—Son amigo de Alí.

—De Alí? –exclamou ela, toda entusiasmada–. De Alí Hiyyara?

Abriuse paso entre as vacas e o manxadoiro, facendo tintinar as cadeas que suxeitaban os animais, e axiña estivo xunta a nós, ansiosa coma un canciño sedento.

—Onde está Alí? Veu?

—Non sei onde está. Eu viña preguntarcho a ti.

–Fracaso e desolación por ambas partes. Ben, ela non sabía onde estaba Alí e eu tampouco, de modo que xa podiamos dar a conversa por rematada e furada. Non obstante, eu non estaba disposto a renderme. Ata aquel momento, o día fórame favorable: a Corbera a onde chegaramos era a boa, e os magrebís de Can Forani eran os Hiyyara que buscabamos. Cunha racha así, non tes por que deixarte vencer tan facilmente–: Dixéronme que ti sabías onde se agacha.

—Onde se agacha? Por que se agacha?

Era inocente. A persoa máis inocente do mundo. Non trataba de enganarme

—Non sei. –Non me facía falta mentir dicíndolle que tiña cartos para o rapaz. Aisha, animada só con oír o nome de Alí, estaba disposta a colaborar de maneira incondicional. Resultábame desagradable ter que darlle malas noticias–. Din que o seu pai tamén desapareceu.

—Omar?

—Si. A policía búscao.

A mención a Omar escurecérelle a expresión.

—Omar é malo. Non quere a Alí. Bate nel. Se está agachándose da policía, seguro que non levou a Alí canda el. Omar é un ladrón.

Aquilo confirmábame o que me dixeran o líder noviño na praza dos mouros e os meus amigos policías. Preguntei por probar:

—Dixéronme que Alí axuda a Omar nos seus roubos.

—Quen cho dixo? –saltou, indignada.

—Un rapaz pequeno e torto e esmirriado que estaba na praza San Columbano, cuns amigos...

—Rashid! –exclamou a nena con desprezo. Gustábame un comportamento tan adulto nunha mociña que non tiña máis de doce anos–. Rashid é malo! Non lle creas nada. É tan malo coma Omar. Rashid admira a Omar, quere ser coma el. Foi el quen che dixo onde podías toparnos a min e a Alí, non si? Seguro que o fixo a cambio de cartos... –Confirmeillo. Ben mirado, podía dicirse que fora así–. Pois iso demóstrache o tipo de persoa que é. –Aisha volveu ao asunto que lle interesaba–: Alí é bo. Alí quéreme. O día que escape, virá buscarme. Díxomo.

Díxollo, pero non o fixera. Significaba iso que estaba co seu pai?

—Cando foi a última vez que o viches?

—O domingo –saíulle decontado. Referíase ao domingo día quince, dous días antes do roubo na tenda de ultramarinos–. Fomos a unha voda. Pasámolo moi ben...

—Quen casaba?

—Jasmina, unha rapaza da vila do meu pai que vive en Barcelona, na mesma praciña onde vive Alí.

—Contouche algo?

—Non, nada especial. Estivemos xogando. Ía co seu pai, pero o seu pai estaba cos seus amigos, que son tan malos coma el, e non se lle achegou en toda a festa.

—E dende aquela non tiveches máis noticias súas...

Negou coa cabeza. O único que estaba conseguindo con aquel interrogatorio era preocupala. Os ollos brillábanlle.

—Antes de que acabara a festa, o pai da noiva

pediulle a Omar e aos seus amigos que marcharan, porque estaban bebendo alcohol. Eles resistíronse, Omar quería pelexar co pai da noiva, pero ao final veu buscar a Alí e marcharon. Foron cara á zona do vertedoiro, e a min deume moita pena que levaran a Alí, porque eu sabía que se se afastaban era para fumar grifa e para beber máis alcol. E cando Omar está bébedo vólvese máis violento, e... –non puido rematar a frase.

Intentei disipar a sombra negra que aquela información proxectaba sobre o caso cunha pregunta concreta:

—Como se chama ese señor co que pelexou Omar?

—Abdul. Abdul Haran. Pero non chegaron a pelexar. E é boa persoa.

—E xa non soubeches máis de Alí... –insistín.

—Non. –Meditou un momento como considerando se o que se lle acababa de ocorrer tiña importancia ou non–. Ao día seguinte chameino tres veces, a diferentes horas, á súa casa. Pero non contestaban...

—Non insistiches máis?

—Non. Chamábao porque perdera un pendente na festa, pero despois mamá atopouno enganchado na roupa que levaba aquel día.

Ou sexa, que o luns nin Omar nin Alí estaban na súa casa. Ou, polo menos, non estaban nos momentos concretos en que chamou Aisha. Se cadra para aquela xa desapareceran.

—O seu pai e o teu deben de ser irmáns, non?

—Son curmáns. Alí e mais eu somos primos segundos. Pero papá case non fala con Omar. Non lle gustan as cousas que fai.

—Se Alí se presentara aquí, o teu pai acolleríao?

—Claro que si. Contra Alí non ten nada.

—Pero non veu. Onde pensas que está?

Aisha non tiña resposta para aquela pregunta. E parecía que o feito de non tela afundíaa na máis absoluta desolación.

—Ao mellor, coa banda da rúa... –dixo despois de reflexionar unha miga.

—A banda da rúa?

—Non, ben pensado, Alí non se agacharía nunca.

—Por que?

—Porque Omar controla a banda da rúa. Ensínalles a roubar. –De súpeto, parecía que se alteraba polas súas propias palabras. Protestou–: Non son malos! Fainos malos el, Omar engánaos, obrígaos a roubar, ou fai que nenos pequenos leven mochilas cheas de droga dun lado a outro, porque a policía non rexistra os nenos pequenos e, en todo caso, se os cachan, non poden metelos na cadea. El queda cos móbiles, as xoias, os reloxos, as axendas electrónicas e as cámaras de fotos, e a eles déixalles os cartos en efectivo. E que van facer eles? Non teñen papeis, son nenos, coma min! Vostede cre... –sobresaltoume que me tratase de vostede–, vostede cre que eses nenos viñeron aquí para seren ladróns? Ca! No meu país, hai pobreza, hai miseria!

Íase excitando e colocábanos, a Carla e mais a min, un discurso apaixonado que sen dúbida elaboraba día tras día, un discurso exculpatorio dos seus amigos, dos seus compatriotas.

—Xa o sei, Aisha. Non tes que convencerme. –Para demostrarlle a miña simpatía, recorrín a unha frase que xa utilizara noutras ocasións–: Ninguén viaxa nunha patera para roubar unha carteira.

Ou non me entendeu ou non me oíu. Ou se cadra, necesitaba público para o seu discurso.

—... No meu país haille moita pobreza. —Encarou-se con Carla, que seguía alí, muda, tal como eu lle pedira. Ao mellor pensaba que unha muller entendería mellor o que tiña que dicir–. Alí, señora, aos catorce anos xa te poñen a traballar e prométenche un soldo moi baixo, e ao final páganche a metade ou non che pagan, e mallan en ti. Alí, iso é o normal. E eles saben que aquí é diferente, porque o ven na televisión, veno no cine, ven os turistas europeos... —Falaba en terceira persoa, referíndose aos inmigrantes ilegais, porque ela probablemente xa nacera aquí, como demostraba o dominio que tiña do castelán, pero dalgún xeito tamén se estaba referindo a si mesma. A ela tamén a engana-ran–. E por que teñen que conformarse? Por que vós podedes ter tanto e nós tan pouco? Veñen traballar, as súas familias mándanos para que traballen, porque cren que aquí poden gañar a vida facilmente, e que poderán mandar cartos a Tánxer, a Casabranca, onde sexa. Pero, despois, aquí non lles dan traballo, porque son nenos, e queren pechalos, e eles non queren que os pechen, e acaban alí, na camposa da carraca, mortos de fame, mortos de frío, e dróganse e rouban... Rouban para comer, e dróganse para esquecer, ata que ao final xa só se lembran de roubar para drogarse. Porque vai o Omar e promételles moitos cartos a cambio de que rouben tarxetas de crédito, reloxos, xoias, documen-tos... E eles, que van facer? Que quere que fagan se non?

Enchéranselle os ollos de bágoas. A min encollíase-me o corazón, porque non tiña resposta para as súas preguntas. Todo é moi difícil. Que ía dicir? Que que-den no seu país e que se amolen, mala sorte se naceron no Terceiro Mundo? Eu non teño a culpa de nacer no Primeiro Mundo rico e privilexiado?

Carla tamén parecía impresionada, coma se estivese descubrindo naquel momento que aquilo que lle contaban existía no mundo real, que non era só unha ficción inventada polos produtores de películas e documentais para manter entretida a audiencia. E, cando ía abrir a boca para improvisar algunha cousa, unha voz indignada caeume enriba por sorpresa:

—Que hostia andades a facer aquí? Quen é vostede?

O corazón deume un chimpo. Non puiden impedir que o home alto, vestido de negro e que cheiraba a suor se achegara a Aisha e a agarrara polo brazo.

—Vai para dentro, Aisha —dixo, severo pero sen violencia. A nena obedeceu ao momento.

—Só estabamos falando —dixen eu. Era consciente de que o home vira bágoas nos ollos da nena e de que podía interpretar calquera cousa que se lle ocorrera. Que a estabamos insultando, ou que estabamos burlándonos dela, ou calquera cousa.

O home fixo un xesto violento cara a min.

Pero Hilario Charles Atlas viña detrás do home e interpúxose entre el e mais eu, cun sorriso tan amable como ameazador:

—Un momento, señor Hiyyara. Flanagan é amigo meu. Só me estaba esperando.

Impuña máis a brancura da súa pel e a marca da súa camisa e o sorriso autoritario e o 4x4 que o esperaba no patio que a súa musculatura. O magrebí alto e gordo encolleuse un pouco, arrepentíndose por amosarse descortés cun amigo do millonario que quería gardar os cabalos nas súas cortes.

—Que anos ten esta nena? —preguntou Hilario.

O magrebí encolleuse aínda un pouco máis. Abriu moito os ollos e quedou petrificado. Podían acusalo de explotación infantil e non estaba no seu país.

—Doce.

—Está traballando –acusou Hilario–. Obrígaa a traballar?

—Traballa porque quere. Para axudar á familia.

—Vai á escola?

—Claro que si, á escola da vila, pero hoxe é domingo e, ademais, xa empezaron as vacacións.

—Teño que falar co dono da casa para ver que pasa con esta nena. Espero que non a estea explotando. Oín dicir que hai magrebís que mandan as súas fillas con parentes establecidos en Europa, e que estes parentes as utilizan como criadas, explotándoas en todos os sentidos.

—É a miña filla! –exclamou o home de negro, case tremendo coa rabia.

—Ah, perdoe. Neste caso, pídolle desculpas –dixo Hilario.

Charles Atlas deulle unhas pancadiñas tranquilizadoras no ombreiro ao coitado do home, e dirixímonos cara ao Jepp Grand Cherokee.

Nines agardaba por nós un pouco apartada. E pareceume notar certa admiración na súa mirada.

Ao mellor Hilario non era tan malo como parecía, despois de todo.

3

Contra as oito da tarde díxenlle a Nines que tiña que retirarme cedo porque me comprometera a entregarlle ao meu cliente ao día seguinte, luns, un informe completo do que soubera ata o momento. Era unha mentira, mais non puiden evitala. Despois da conversa que mantivera con Aisha, o sangue circulábame a un ritmo novo. Non se me ía da cabeza a referencia a

71

unha banda de nenos da rúa que estaban na chamada camposa da carraca, e entrárame moita présa para ir ver a quen encontraba naquel lugar.

Non se me escapaban as implicacións do que dixera a nena. O refuxio natural de Alí, se se vía abandonado por Omar, era precisamente aquela granxa. E alí non estaba. Significaba isto que o levara Omar na súa fuxida, en contra do que supuñan tanto Lahoz como Aisha? E se non, onde estaba? O segundo refuxio natural de Alí era, segundo Aisha, a camposa da carraca. Interesábame moito saber se viran algún dos desaparecidos por alí.

Durante o xantar, nun restaurante da estrada onde nos invitou Hilario, non estiven atento aos seus chistes malos, nin ás súas exhibicións de sabedoría informática, nin fixen caso ningún dos disimulados tocamentos de que me facía obxecto Carla, nin estiven especialmente afectuoso con Nines. Non podía deixar de pensar en Alí e en Omar, nin tampouco naquela parella de langráns, o fornido e o fibroso, nin no berro que emitira o líder noviño chamado Rashid: «Affaruq!» E ese remuíño de pensamentos convertíase en obsesión e impúñame a necesidade imperiosa de saltar da cadeira e correr cara a Barcelona para localizar nun plano a camposa da carraca.

De modo e maneira que, tan pronto como o Grand Cherokee pisou o asfalto da cidade, pedín que me deixaran ao lado dunha boca de metro, coa escusa do informe que lle prometera ao meu cliente para o día seguinte.

—Que profesional, que barbaridade –comentou Carla, choqueira.

Nines limitouse a engurrar un pouco o cello cando lle dei un bico superficial nos beizos.

Non lembro qué dixo Hilario, pero seguro que buscaba unha gargallada artificial que non obtivo.

Camiño da casa, utilicei o móbil para falar coa comisaría do barrio. Preguntei polo inspector Talbot.

—Son Flanagan.

—Ah.

—Vostede sabe árabe?

—A que vén iso? —replicou o policía despois duns intres de silencio.

—Como é experto en inmigración ilegal e moitos dos inmigrantes ilegais son árabes, pensaba que ao mellor sabe falar árabe.

—Estiveches investigando? —preguntou el, suspicaz.

Ou se cadra non era suspicaz. Quizais estaba desexando que eu lle dixese que si e lle falase das miñas pescudas.

—Non, non! —protestei, como quen di «investigar, ca, ho», e engadín un prometedor—: Pero...

—Pero? —Eu non sabía como formular a pregunta—. Mira, Flanagan, advírtoche que...

—Só quería saber que significa «Affaruq».

—«Affaruq» E para que queres sabelo?

—Había dous homes que tamén buscaban a este Alí..., e un dirixiuse a eles dicindo «Affaruq!» e, como a min me gustan moito os idiomas, pois... quedei coa curiosidade. Pero se non sabe que significa...

—Non sei que significa —recoñeceu por fin o inspector, afrouxando. E, rapidamente, para non parecer demasiado ignorante, engadiu—: Ben, Faruq é un nome. Había un rei de Exipto que se chamaba Faruq. E significa 'O que sabe distinguir a verdade da mentira', por se che serve de algo.

—Non. Só era curiosidade. Ouh, foi moi interesante e instrutivo, inspector. Grazas.

O meu pai recibiume todo serio.

—Xanzolas.

—Ola, papá –eu, convencido de que quería ficharme para servir cervexas e bocadillos, e disposto a liscar.

—Non, ola papá, non. En que lea te meteches?

—Lea?

—Chamáronte –e parecía dicir: «Eh!», «Chamáronte, eh, atención!» –moitas veces. E cun acento... –«Eh!»– moi sospeitoso.

—Como son os acentos moi sospeitosos?

—Unha cousa así –dixo o meu pai–: «Bodo falar gon Zlanagan? Dígalle que é de bagte dun amigo...» –O meu pai é malísimo imitando acentos–. «Dígalle gue vaia go goidado».

—Que?

—Que che dixera que teñas coidado –repetía o meu pai, deixando a un lado as imitacións.

—Ah, non –tranquiliceino–. Que vaia co cuñado. Iso é o que quería dicir. Con un que lle chamamos «o cuñado», porque é irmán dunha rapaza coa que a todos lles gustaría casar. Si, precisamente tiña que chamalo... Mira, chámoo agora, dende o meu cuarto.

O meu pai alzou máis unha cella ca outra e coido que abriu a boca para continuar a conversa, pero eu xa me afastaba polas escaleiras e el tiña máis xente no bar da que podía atender, porque botaban un partido na tele.

Cando cheguei ao meu cuarto, disfraceime coa roupa máis barata e vella que tiña, e probei varios tipos de despeiteado diferentes diante do espello.

Quen podía ameazarme?

Un daqueles homes que me perseguiran na praza dos mouros?

Non se me ocorría máis ninguén.

Pero como podían saber o meu número de teléfono?

Unha vaga sensación de perigo vibraba baixo os meus pés, coma un aviso de terremoto, coma se unha onda xigante se achegase paseniño por atrás. Intuía imaxes terroríficas de delincuentes interrogando ao fráxil Rashid ou a Aisha para saber qué quería eu, e qué dixera e qué me dixeran. E se me seguiran, o día anterior, na praza dos mouros, ou aquela mañá, na granxa? Ocorréuseme unha idea: e se detrás de todo aquilo estaba Oriol Lahoz? Non me contara todo o que sabía.

Quitei de enriba tanta paranoia sacudindo a cabeza coma un can pingando. Cada cousa ao seu tempo.

Chamei a Oriol Lahoz pero saltou o contestador. Que non podía atenderme, que deixara unha mensaxe etc.

Fixen reconto dos cartos que me quedaban. Rashid ripárame máis de douscentos euros, de modo que na caixa de lata de Chocolates Amatller só quedaban catrocentos.

Collín os billetes de cen e púxenos nun vello billeteiro manufacturado ao estilo dos indios norteamericanos. Gardeino no peto e deixei o billeteiro de verdade, onde levo a documentación e fotos familiares, no caixón. Supuña que á camposa da carraca era mellor ir indocumentado. Non quería que ninguén que me quitase a carteira puidera dicir: «Quedei coa túa cara, sei onde vives.» Sería mellor que ninguén soubese onde vivía. E mellor que ninguén me quitase a carteira, claro.

Pero onde raio estaba a camposa da carraca?

Internet non mo dixo.

Díxomo un policía que sempre está no bar do meu pai, un que se chama Monge, e que lle chaman Monxiña.

75

—O solar da carraca? Si, ho. Iso estache pola parte do río, preto do vertedoiro...

Fun á cociña, deixei unha nota pegada á neveira: «Vou de troula, non me esperedes espertos», para que ninguén puidera acusarme de insensible a inquietudes e angustias familiares, e escapei pola porta aproveitando o momento en que, na tele, a estrela do equipo local marcaba un gol de chilena.

4

E cheguei a unha das pontes que cruza un dos ríos máis contaminados de Europa.

Só faltaban unhas horas para que empezara o día máis longo do ano, de modo que aínda puiden contemplar coa luz do día, dende o alto da ponte, aquela enorme superficie cercana ao río. Estaba rodeada en tres dos seus lados polas fachadas posteriores de tres edificios sen ventás, como se os seus ocupantes se negaran a contemplar tanta miseria. Miseria de lixo amoreado e de contedores esquecidos, no medio da cal corricaba unha panda de nenos.

Cos prismáticos Bushnell (permitídeme que fachendee un pouco: visión nocturna e cámara de fotos incorporada, 164 euros en Pixmanía, regalo da miña irmá querida polo meu aniversario), contei ata sete rapaces que, sentados e aburridos, cheiraban latas e falaban pouco.

Non facía falta ser clarividente para decatarse de que os cigarros que fumaban debían de ser de cannabis, e que aquilo que uliscaban era cola, para idiotizarse.

Había tres pequenos, duns doce ou catorce anos; outros dous máis grandiños, de case vinte anos, e dous máis de idade indefinida, nin tan maiores nin tan pequechos. Pregunteime se Alí sería un deles. E tamén me preguntei como podería achegarme a eles e pescudalo. Os prismáticos non eran tan potentes como para poder distinguir as caras con nitidez.

Entendía as precaucións de Oriol Lahoz e por que acudira a min. Se el se achegase á panda, provocaría unha desbandada louca. Eu mesmo non tiña moi claro como debía actuar.

Agardei.

Cando escureceu, prenderon tres lanternas e mobilizáronse.

Seguinos dende o alto da ponte. Ían en dirección ao mar. Perdinos de vista durante uns minutos, porque un bloque de edificios se interpuxo entre nós, e alarmoume a perspectiva de non volver atopalos xusto cando apenas empezara a seguilos, mais axiña os volvín localizar no paseo que beirea a praia.

Coas lanternas prendidas e o balbordo que había, non resultaba difícil controlalos dende lonxe. Os pequenos andaban aos arrempuxóns, corrían uns detrás dos outros e escachaban coa risa seguramente atordados e excitados pola droga.

Deixamos atrás a civilización da precariedade suburbial, avanzamos uns centenares de metros por descampados que de día utilizan os asiduos da praia como aparcamento e onde os propietarios dos circos plantan a carpa de cando en vez, e chegamos á civilización próspera dos chiringuitos, onde as parellas e as familias gozaban dun agradable e refrescante paseo nocturno na beira do mar.

Aló, baixo a iluminación xenerosa, notábase o contraste daqueles rapaces morenos, algúns deles mal vestidos, sucios, que parecían moi felices ao notar a inquietude que provocaban ao seu paso.

Aproveitando que había máis xente, puiden achegarme para observalos mellor.

Ous dous que parecían maiores ían diante, moi serios e tensos, deitando autoridade, anoxados como o estarían os pais de nenos mecosos e escandalosos como os que viñan detrás, enredando.

Axiña me fixei no patiño feo, o neno diferente que non canxaba na panda. Era un dos pequenos, doce anos como moito. Parecía ausente, non tiña nada que lles dicir aos outros, era obxecto de bromas e vítima de arrempuxóns e miraba ao seu redor con ollos de espanto. Pola idade e polo aspecto, podía ser perfectamente Alí. Levaba o pelo cortado a rentes e un brinco na orella.

—Alí –murmurei. Tiña moitas ganas de que fose el. Sentía a necesidade de librarme das pantasmas e das aprehensións ominosas que me roldaran pola cabeza dende que Lahoz me falou do caso e mencionou os malos tratos.

Dirixíronse a unha gasolineira cercana, onde había un supermercado aberto as vinte e catro horas. Dividíronse. Os catro maiores pasaron por diante do garda de seguridade coa autoridade de clientes solventes de toda a vida.

A través dunha ventá que había a un lado do edificio, empoleirándome a unha das caixas, puiden ver como, ocultos nos corredores formados polas estanterías cheas de produtos de alimentación, se dedicaban a abrir botellas e tetrabriks de refrescos e a comer xeados e galletas a furto e con avidez. Entrementres, o garda de seguridade non lle quitaba ollo aos tres rapaces que estaban pelexando diante da porta do establecemento.

—Eh, rapaces! –berráballes–. Fóra de aquí!

Aqueles tres mocosos berraban e sacánballe a lingua, e tiraron un caldeiro de auga polo chan. O garda de seguridade perseguiunos, dedicándolles toda clase de improperios.

Eu fixábame no terceiro neno, o presunto Alí, que era o que actuaba con menos convencemento. Parecía zoupón, tímido, tocaba o caldeiro do lixo coa punta dos dedos porque así llo mandaran e se supuña que era o que tiña que facer, pero despois pegaba un chimpo cara atrás, como se temese que do interior puidese saír unha serpe velenosa. Era o que corría en dirección equivocada e tropezaba cos demais, e caía, e se afastaba máis cós seus compañeiros.

Por fin, os maiores saíron do súper cunha bolsa, e coa dignidade de quen pagou relixiosamente o que leva.

Reuníronse cos máis pequenos nun aparcamento escuro e solitario que había a uns cen metros de distancia. Supuxen que pagaran o que contiña a bolsa, pero non todo o que paparan ás agachadas.

Comían galletas e chocolate e bebían laranxadas.

E alí estaba eu, observándoos entre os coches aparcados, cando soou o móbil na mochila.

Que susto. Dei un salto e afasteime ás gatiñas, agachándome entre os coches mentres descolgaba a mochila e buscaba no peto lateral.

Quen me chamaría ás once e media da noite?

Os membros da banda obxecto da miña vixilancia calaran e suspenderan toda actividade para quedar mirando e escoitando atentamente na dirección en que me atopaba. Eu estaba agachado e espiábaos polo retrovisor do vehículo que me ocultaba.

—Si! –bisbei–. Quen é?

—Flanagan! –unha voz coñecida que tamén susurraba–. Flanagan, necesítote! –con moita urxencia e moito medo. Era Charcheneguer.

—Agora non te podo atender, Charche.

—Por favor, por favor, por favor...

Que lle pasaba?

—Non podo, non podo, síntoo. Chama... –O primeiro que se me ocorreu–. Chama a Nines! Tes o seu teléfono?

—Si, téñoo, pero Nines non me pode axudar. É moi grave, Flanagan! Só ti me podes salvar...!

—Chama a Nines!

Os sete habitantes da noite e a rúa viñan cara a min. Cortei a comunicación, desconectei o móbil e deixeime caer ao chan para escorregar debaixo dun coche. Non sabía que facer, non sabía por que estaba facendo aquilo, non sabía que lles ía dicir se me cachaban e me preguntaban que buscaba...

Entón, oín a porta dun coche que se abría e se pechaba, á miña dereita. Un home apareceu de xeito inesperado, alleo á nosa presenza; camiñaba amodo, facendo triscar a area baixo as solas dos zapatos. Ao primeiro só lle vía os pés, os zapatos, uns mocasíns dos caros. E, á miña dereita, os sete magníficos en silencio. Dende debaixo do coche, pegado ao chan, estricando o pescozo para un lado ou para o outro, podía ver o home que camiñaba, coas mans nos petos, e as sete presenzas ameazadoras que, sen dúbida, andaban a argallar algo.

E non había que ser moi listo para imaxinar qué.

5

O home da chaqueta a cadros e os pantalóns de andar ás troitas, por riba das canelas, afastábase cara ao fondo, onde estaban os chiringuitos e o rebumbio e a multitude que paseaba tranquilamente, gozando da fresca. Non obstante, a civilización aínda se vía moi lonxe. E a banda dos sete facinorosos estaba cada vez máis preto e abríanse, calados coma petos, e ían rodeando a vítima.

Estaba a preguntarme que debía facer nun caso como aquel, cando se oíu un ruído brusco, un tropezón, un berro mal afogado. Dende debaixo do coche, localicei ao autor, pero aínda que non o vira, adiviñaría igual quen era. O candidato era Alí, naturalmente.

De súpeto, carreiras precipitadas. Berros.

Saín do meu agocho e presenciei a operación de caza.

Eu non entendo destas cousas, pero pareceume que o golpe lles sairía mal aínda no caso de que o neno non fixera ruído. Os maiores precipitáranse, quixérano facer eles sós, sen a colaboración dos pequenos, de maneira que só eran dous contra un, dous mozos mal alimentados e enturbados pola droga contra un home feito que, como se puido comprobar, non era a primeira vez que se vía nun conflito semellante.

Un dos asaltantes quixo agarralo por atrás, rodeándolle o pescozo co brazo, e case o conseguiu, pero a vítima inclinouse bruscamente cara a adiante e o mozo saíu proxectado por riba da súa cabeza como nas películas, e foi parar sobre o capó dun coche. O home, berrando coma un karateca insensato, volveuse cara ao outro atacante e, no instante seguinte, os sete magníficos puñan en práctica o plan B, que consistía en chamar aos pés compañeiros e correr en todas as direccións entre os coches do aparcamento, sete magníficos que xa eran oito porque eu me sumara a eles.

O home berraba e berraba en inglés, e ría, e lanzouse a unha persecución triunfal. Lembroume aquel condutor que pillou un can «porque o semáforo estaba en verde, e polo tanto, estaba no meu dereito». Se intentaran atacalo, tiña dereito a darlle unha malleira ao primeiro que pillase, debía pensar o fulano.

Diante miña, corría o pequeno, o zoupón, que quixo gabear por un noiro e non deu, e vin como caía, como ía a rolos polo chan e se levantaba dun chimpo cos ollos brillando como faros na penumbra, a piques do pranto, a piques do berro de angustia, buscando ao perseguidor que viña berrando coma un psicópata de cine.

Bateu comigo, que viña detrás, e collino do brazo e turrei del, e leveino case polo aire, bordeando o noiro, poñendo coches entre nós e aquel inglés tolo que ría e nos insultaba, e nos retaba a facerlle fronte.

Corremos e corremos.

Baixabamos por unha pendente de céspede que rodeaba un lago decorativo cando o neno volveu tropezar arrastrándome na súa caída, e esvaramos ata o bordo da auga.

Levantei a vista e atopeime cos seus ollos espavorecidos. Os dous demos a volta cara á cima do noiro de céspede, para comprobar que a vítima do roubo nos perdera de vista, e volvemos mirarnos.

—Alí? –dixen. Si, tiña que ser Alí, non podía ser outro. Recoñecín aquela boca que se abría máis dun lado ca do outro e, e o pelo curto, e o pendente–. Veño de parte de Aisha. Ela díxome que te podía atopar aquí.

—Aisha? –Aquela era unha boa sorpresa.

—Aisha está moi preocupada por ti. Quería saber que che pasara.

De súpeto, ao oír as miñas palabras, a ameaza das bágoas materializouse, e o pranto sacudiuno de pés a cabeza. E eu achegaríame a el e poñeríalle unha man no ombreiro e diríalle «non chores», pero unha voz impediumo.

—Oes, ti!

Unha voz e unha presenza. Seis presenzas, para sermos exactos, congregadas na beira daquel lago ás escuras. Unha banda excesiva para min, enfocándome e cegándome con tres lanternas.

—Que queres ti? –dixo un dos maiores, nun mal castelán.

Estaban alporizados, anoxados, frustrados e ofendidos polo seu fracaso (que non debía ser o único), e alguén tiña que pagalas.

Púxenme de pé e pensei que fuxiría botándome á auga. Ao mellor non sabían nadar e me deixaban marchar. Achegábanse, tan ameazadores e terribles os maiores como os pequenos.

—Oíde...

Alí berrou, detrás de min:

—Non! –falou en árabe, cunha énfase inesperada nel. E despois, en castelán, evidentemente para que eu o entendese e soubese de que ía a cousa–: É amigo do meu pai! Mándao meu pai! Para aprendernos a roubar, como nos aprendía o meu pai! –E continuaba falando en árabe.

Os seis magníficos miráronme doutro xeito. Pareceume que, convencidos por aquelas palabras insensatas, se ían relaxando.

Confiaban en Alí e confiarían en min tan pronto como lles demostrase as miñas habelencias como ladrón.

Capítulo 4

1

X A me tedes avanzando polo Paseo Marítimo, entre os chiringuitos e a praia, abríndome paso entre cidadáns bempensantes e confiados que só saíran a tomar un pouco o fresco, aparentando a firmeza do forasteiro de *western* a piques de sacar o revólver, seguido por unha banda de sete magníficos que depositaran toda a súa fe en min.

Dúas cousas cambiaran. Alí camiñaba ao meu paso e os pequenos que ían atrás non enredaban. Catorce ollos devotos cravados en min.

Dixéralles que non estaban a tomalo en serio, que aquilo era unha carallada, que sen autoridade e disciplina non chegarían a ningures. E agora semellaban un comando avanzando por territorio inimigo, atentos a un ataque inminente que podía chegar de onde menos o agardaban e cando menos o esperaban.

Desvieime da zona poboada para dirixirme ao outro lado da calzada por onde circulaban os coches, onde había xardíns sombrizos e algúns paseantes solitarios. Parelliñas furtivas entre as matas de buxos. E o acceso a un restaurante de luxo.

E o home aquel, que se achegaba. Seguramente fora aparcar e os seus acompañantes xa estaban agardando por el no interior do restaurante.

85

Eu déralle instrucións ao persoal. Eran instrucións que nunca lles axudarían a cometer ningún roubo e non estaba seguro de que as tragaran, pero favorecían as miñas intencións. Copiando consignas e actitudes aprendidas no cine, resultei convincente abondo como para que non me chistaran. Os dotes pedagóxicos de Omar, o pai de Alí, parecían escasos.

Tratábase de cometer o roubo perfecto sen prexudicar a ninguén.

Todo tiña que ser limpo, dixéralles. Nada de aglomeracións. Que me deixaran liberdade de manobra. Eles debían manterse a distancia, vixiando que non houbese testemuñas...

—Con Omar non o faciamos así —obxectou o maior e máis perigoso dos meus cómplices, que tiña o pelo crecho e chamábase Iqbal.

—Cada momento, cada espazo xeográfico e cada golpe necesitan unha técnica diferente. Hai que ser flexible —sentenciara eu con autoridade.

Fixemos coma quen que nos afastabamos do home que viña, e eu quedei un pouco atrás. Se se dirixía ata o restaurante, como supuñamos, tería que poñerse de costas a min. E non o faría se vía aquela xentalla apiñocada e cercana. Deste xeito conseguira distancialos e, só, enfrontábame ao primeiro roubo da miña vida.

O home vestía un traxe gris, camisa e gravata; era unha noite moi calorosa e estaba a secar a suor da fronte cun pano branco, cando o ataquei por atrás.

Rodeeille o pescozo co brazo, como vira que facía antes Iqbal, e o home berrou. Bisbeille ao oído:

—Diga que lle roubaron a carteira, diga que lle roubaron a carteira!

... Mentres lle metía a man esquerda entre as lapelas do traxe gris, o home debatíase coma se pretendese

86

proxectarme por riba da cabeza, meu pobre, pero non podía e berraba: «Aaaaah! Aaaaah!», e non dicía nada da carteira, exclamaba: «Aaaaah! Aaaaah!», e eu xa tiña na man a miña carteira, aquela manufacturada ao xeito dos indios americanos, cargada con douscentos euros.

Deille un empurrón ao coitado, pedíndolle perdón mentalmente, e vin como caía ao chan berrando: «Aaaaah! Aaaaah!», e botei a correr.

Cruceime cos dous magníficos maiores, que viñan en dirección contraria.

—Eh, eh, onde ides? Onde ides?

Ían mandarlle un par de patadas nas canelas ao desgraciado aquel, antes de que se incorporara do chan.

—Non, non! –berraba eu– Que facedes? Bulide, bulide, que vén xente!

Polo visto, Omar convencéraos de que as patadas nas canelas e as puñadas ao vencido eran imprescindibles nestes casos e non podían deixar pasar a oportunidade. Só me fixeron caso cando comprobaron que era certo que había xente que acudía á escena do crime. O home berraba coma un condenado. «Aaaaah! Aaaaah!» Talmente coma un condenado.

—Aaaaah! Aaaaah!

—Correde, correde! –dicía eu.

Espallámonos en todas as direccións, perdéndonos polos xardíns, pero eu procuraba manterme cerca de Alí, atento a calquera posible toupiñada. Atrás, quedaba o home, «Aaaaah! Aaaaah!», rodeado de bos samaritanos que se preocupaban por el e, pese a que xa debera de comprobar que non lle roubaramos nada, que tiña a carteira e mais os cartos e as tarxetas e os cartos soltos e o pano no seu sitio, seguía a berrar, probablemente porque non lle gustara nada recibir aquelas patadas nas canelas.

87

Os seus berros fóronse perdendo na escuridade da noite.

A banda de Flanagan reuniuse unhas mazás máis alá, cara ao interior da cidade, entre almacéns e fábricas.

Desprendinme da carteira para que a ninguén se lle ocorrera dicir que era impropia dun home con traxe gris, camisa e gravata, e repartimos os douscentos euros. Que aquilo si era propio dun home de traxe gris, camisa e gravata.

A min tocáronme vinte e cinco.

Non podo dicir que fose un bo negocio.

2

Mercamos litronas nun bar e fomos bebelas a unha praza escura, baixo un monumento abstracto en medio de atraccións infantís. Bambáns, unha arrandeeira da que penduraba un pneumático, casiñas para entrar e saír.

Iqbal e o outro mangallón, que se chamaba Mohammed, sacaron porros e convidáronme. Non os rexeitei, para non facerme sospeitoso, pero non daba chupadas longas, case non fumaba, igual que apenas mollaba os beizos coa cervexa. Quería conservar a cabeza despexada. Estaba traballando na corda frouxa, calquera erro podía provocarme problemas moi serios.

Mentín, claro. Os detectives mentimos seguido. Cousas do oficio. Seguindo o argumento que inventara Alí, dixen que Omar Hiyyara me mandaba polo seu fillo, que había días que o buscaba e que por fin o atopara. Alí sabía que aquilo non era certo, que era Aisha quen me dirixira cara a eles, pero igual ca min, non quería mesturar o nome da nena con aquel asunto. Aquela mentira compartida creaba unha complicidade entre nós que eu coidaba que sería moi útil aos meus propósitos.

Abafáronme a preguntas:

—Onde está Omar?

—Por que non vén?

—Por que desapareceu?

—Por que non di nada?

Era unha banda de pipiolos decapitada. Tanto pola súa ineptitude á hora de roubar como pola súa evidente desorientación, como polo seu xeito de mirar e de falar e de preguntar, facíase evidente canto necesitaban a un Omar (ou a un Flanagan) que lles dixera o que tiñan que facer. E entendín que aceptasen e acollesen e protexesen ao chambón de Alí, que o mirasen con certo respecto, porque era o representante de Omar, o que en certo xeito garantía o seu regreso.

Semellaban asustados e cansos. Necesitaban axuda e necesitaban xustificarse por aquela especie de vida que levaban. Utilizando a Alí como intérprete (porque case ningún deles falaba ben o castelán), contáronme por que fuxiran do seu país, e qué esperaban do meu.

Basicamente, complementaron o que me dixera Aisha. Viñan fuxindo dun Terceiro Mundo de penuria, de fame e de inxustiza, cara ao paraíso do Primeiro Mundo que se lles aparecía continuamente, tentador, na tele e no cine, un mundo en tecnicolor no que chovía fartura. Todos eles coñecían e podían falar dalgún parente, veciño ou amigo dun amigo que viñera a Europa e fixera fortuna. Xente que conseguira permiso de residencia e de traballo, ou casara cunha española, ou non, nada diso, pero que volvía a Marrocos cun coche flamante e roupa de marca e cos petos cheos de cartos e regalos para todos. Volvían coma heroes.

Un dos rapaces de quince anos, Zahid, falaba con entusiasmo dun veciño seu que vivía en Madrid que, aínda que non tiña nin papeis nin traballo, mercara unha casa en Agadir para os seus pais, e mandáballe tenis carísimos, Superga, ao seu irmán máis novo e, cando se achegaba a Festa do Cordeiro, facíalle chegar á súa familia unha morea de billetes para que puidesen mercar un.

Naturalmente, aquelas noticias, reais ou fantásticas, enchían de ilusión a toda aquela xente que malvivía polos suburbios de Tánxer ou Casabranca.

—Moita miseria –dicíanme–. Moita miseria, na casa.

—E corrupción. –Un deles aprendera a pronunciar en castelán a palabra *corrupción*–. Moita corrupción.

Outro dos que tiñan quince anos, Ashraf, relatou que o seu pai morrera e a súa nai quedara soa con catro fillos. El era o máis vello. Fora a súa nai quen lle pedira –por favor, por favor– que fose a Europa, que gañase cartos e que volvese para darlles de comer aos pequenos. Coma se iso se puidese conseguir dun día para outro. Había cinco meses que Ashraf saíra do seu país e había seis meses que non tiña ningunha noticia da súa familia.

Un dos máis pequenos, Hassan, fuxira da casa porque o seu pai mallaba nel diariamente cun caxato e un día case o mata. Son cousas que pasan en todas partes, mesmo nas mellores familias, que non fai falta ser pobre para atoparse con crimes semellantes; pero a Hassan, aínda por riba, tocáralle vivilo nun país misérrimo que non lle ofrecía ningunha protección. Viviu máis dun ano cunha banda de nenos fuxitivos polos suburbios de Casabranca. Para quentarse ou cociñar prendían fogueiras nun descampado que se chamaba Charben Diba ou algo polo estilo. Roubaban. Hassan nunca fora á escola. Por fin, fuxira cara a España e vivía horrorizado pola posibilidade de que o atopasen. Porque sabía que os menores de dezaoito anos non poden ser repatriados se non son reclamados, e se a súa familia o reclamara e as autoridades españolas o devolvían a aquela familia cun pai que batía nel cunha vara?

O maior da panda, o chamado Iqbal, o que parecía máis feroz e protagonizara o intento de roubo furado, revelouse como un defensor do seu país. Resultou que era un grande inxenuo. Dixo que no seu país existían varias ONG que recollían os nenos da rúa e lles daban clase de repaso para que puideran proseguir cos estudos que abandonaran. Coñecera unha ONG chamada Bayti, que o acolleu, e quería que estudara contabilidade e márketing. Pero non dicía por que non o conseguira e rematara coma un marxinado na miña cidade. Chegara aquí con quince anos e iniciara os trámites que esixe a Consellería de Xustiza da Generalitat para conseguir permiso de residencia e de traballo. A tramitación dos documentos fórase delongando e delongando e sempre faltaba un papel, ou un comprobante, ou o funcionario se ausentaba por causas de forza maior, ou modificaban a lei sen previo aviso e era preciso volver empezar, e de repente cumpriu os dezaoito anos e xa era maior de idade e saía do ámbito da protección á infancia, e convertérase nun adulto sen documentación, sen traballo, sen vivenda e sen futuro.

Nunha das últimas ocasións en que o detiveran, declarou que tiña dezasete anos, pero no Centro de Día fixéronlle unha radiografía do pulso, procedemento que, polo visto, establece a idade con toda precisión, e descubríano.

En cambio, un dos pequenos da panda, Suleyman, que tiña unha cicatriz que lle deformaba o rostro, era feliz con aquel tipo de vida. Nunca coñecera nada mellor. Para el, a camposa da carraca, os roubos no súper e aos peóns borrachos, a vida nocturna, o haxix, a cola, o trankimazín, supuñan o máis parecido ao paraíso que podía concibir. O luxo meirande que coñecía experimentábao cando ían, tres veces por semana, ducharse e comer aos locais de Cáritas. Non cría que se puidese vivir mellor doutra maneira. Para el, o mundo da xente burguesa, da xente con vida ordenada, limpa e con cartos era tan estraño coma o mundo animal. Como moito, relacionábase con este mundo considerándoo territorio de caza. Suleyman dicía que do seu país só sentía señardade do canto dos muecíns. Foi o que máis pena me deu.

—E viñestes todos en patera? –preguntei.

Resultou que ningún deles viaxara desta maneira.

—Ogallá –dixo Mohammed–. A xente que vén en patera ten cartos, moitos cartos, para pagar a viaxe. Empéñanse ou venden todo o que teñen, e dese xeito fan unha especie de aposta. Chegan aquí, e dun xeito ou doutro, os mesmos que os trouxeron conséguenlles traballo. Explótanos, claro, métenos en talleres clandestinos, de economía mergullada...

—... Ás mulleres obríganas a prostituírse –apuntou Suleyman.

—Pero son máis afortunados –replicou Mohammed, dirixíndolle unha mirada de reprobación ao pequeno–. Non: nós viñemos pola nosa conta.

E entre todos contáronme a súa odisea.

3

De noite, no porto de Tánxer.

Cando o rei de Marrocos visita a cidade é o mellor momento para emprender a viaxe, porque toda a policía está distribuída polas rúas, dedicada a tarefas de seguridade, e no porto non hai moita vixilancia.

Entón, entre sombras, móvense bandos de nenos, carreiras e murmurios, presenzas furtivas saltando dun agocho a outro co maior sixilo.

Chegan ata os aparcamentos onde están os camións, os tráilers, os autocares de turistas, esperando para embarcar no ferri que viaxa cara a Alxeciras.

Moitas veces, atópanse con que os baixos do camión xa están ocupados por outros nenos, que os afuxentan con murmurios perentorios: «Fóra! Liscade d'aquí!», «Veña, deixádeme un sitio!», «Somos demasiados, non pode ser!»

Ignoro onde se poñen, non mo dixeron exactamente, e eu non o vin nin moito menos o probei, pero colócanse entre os ferros do ventre do vehículo. Agárranse alí como desesperados, apiñocados como un enxame de abellas no trovo, afogando, dispostos a un sacrificio inhumano que durará toda a noite e quen sabe se gran parte do día seguinte.

En ocasións, o condutor do autocar, ou camión, ou tráiler, que coñece o fenómeno, antes de saír, furga cun pau de vasoira ou bate cunha barra metálica entre os ferros do ventre do vehículo, para facer caer o monllo de polisóns que están agachados alí. Faino con forza abonda como para romper algunha costela, tan a cegas que podería baleirarlle un ollo a alguén, e óense berros, e os nenos caen como froita madura, berrando e xurando, e o home está convencido de que o fai polo seu ben, mentres os rapaces foxen insultándoo, frustrados, pensando xa na próxima oportunidade.

Non obstante, se ninguén os bota de alí, imaxino a tensión, a dor nos músculos, a fame, o frío, as bágoas, mentres o camión, tráiler, autocar, se pon en move-

93

mento, entra e aparca na bodega do barco. E a viaxe na escuridade. E ao día seguinte, cando sae ao sol de España. Imaxino a alegría rebordante do éxito cando por fin senten que pisan terra firme, e saltan do camión e botan a correr, a toda velocidade, en desbandada, cara a un destino que case nunca será como o soñaran.

Imaxino tamén, cun calafrío, aquela noite en que un neno se acomodou sobre a barra de transmisión dun autocar. Cando o autocar se puxo en movemento, e a barra empezou a xirar vertixinosamente e enganchoulle a roupa, e o neno berrou, e todos os outros nenos embutidos no autocar se arrepiaron, e todos pensaban: «Non berres, non berres, que nos van descubrir», mentres a camisa se lle enleaba naquela maldita barra de transmisión, e arrastraba ao neno e facíao caer baixo as rodas do vehículo, que lle esnaquizaba os ósos.

Experimento un calafrío de horror e penso que non podo xulgar, que nunca poderei facerme unha idea precisa da miseria que impulsa a tomar este tipo de decisións heroicas e desesperadas e tolas, e continúo descubrindo, na miña aprendizaxe de detective dedicado a sacar á luz o que está oculto, que o mundo non é tan fermoso como nos gustaría.

4

Pasamos horas ocupando aquela praza, baixo a escultura incomprensible, falando. Acabáronse as cervexas e os porros. Uns da banda xa durmían nas casiñas do parque infantil. O inxenuo Iqbal continuaba excitado, con moitas ganas de falar e de escoitar. O pequeno Suleyman, o da cicatriz, era o máis esperto.

Non me pedían axuda, nin traballo. Xa había tempo que sabían que era inútil pedir imposibles. Puxéronse a baduar. Eu volvinme cara a Alí, antes de que quedase durmido, porque se estaba alí era por el.

A pregunta, non obstante, saíu de Iqbal:

—De que te agachas, Alí? Poderías fuxir con Omar. A min gustaríame traballar sempre con Omar. Ou cunha banda de traficantes. Faría calquera cousa.

Aquilo estrulloume un pouco máis o corazón, porque entendín o que significaba «calquera cousa». Calquera cousa.

—O meu pai díxome que esperase aquí, con vós –dicía Alí, e eu entendía que o dicía por enésima vez dende que chegara. O que só podía significar que o seu pai non lle dixera que o esperase alí.

—Pero, quen te persegue? E por que?

—Xa volo dixen! –protestou Alí, inquieto e acurralado.

—Non nolo dixeches –recriminouno Iqbal–. Dixéchesnos seis cousas diferentes.

—E logo non roubastes na tenda de Gironés? –preguntei.

—Que? –estupefacto.

—Ti e teu pai. Non roubastes na tenda do señor Gironés?

Dubidou. Os seus ollos inquietos buscaron escapatorias polos arredores. O cerebro traballando a toda máquina.

—Si! Roubamos no súper de Gironés e..., e... Eles sábeno, e por iso nos perseguen!

—Pero, quen son eles?

—A policía! Búscannos por aquel roubo e por moitos roubos máis.

—Que sacastes da tenda de Gironés?

Non o sabía. Improvisaba.

—Cartos. Atopamos moitos cartos no caixón da tenda.

«O solto», dixérame a min Talbot. «Catro moedas de merda», corroborara Gironés.

—E que fixestes coa caixa rexistradora?

Pausa longa.

—Non me lembro. Eu estaba moi asustado. Fíxoo todo o meu pai.

Bendita inocencia. Dixen:

—Cruceime con dous homes que teñen moito interese en localizarte. Perseguíronme na praza de Sant Columbano. Eu fuxín porque me parecía que tiñan malas intencións...

—Quen eran? –preguntou Alí, horrorizado, morto de medo.

—Eu estaba cun rapaz, un rapaz baixiño, torto, que ten un ollo cego, e que creo que se chama Rashid.

—Rashid –bisbou Alí, moi interesado polo que puidera seguir.

—Díxome que ti e o teu pai roubárades na tenda do señor Gironés.

Dixeriu a información un par de segundos, e asentiu coa cabeza.

—Si, si. Rashid sabíao.

—E coñecía os dous homes que andaban a buscarte. Chamounos dicindo algo así como «Affaruq».

—Faruq? –pouco lle faltou para dar un berro. Os ollos escintilábanlle de espanto–. Eran Faruq e Karim. Karim é o pai de Rashid. Seguro que non dixo «Aff». Dixo «Ab», que significa 'Pai'... Si, eran Karim e Faruq.

—Karim e Faruq? –repetín sen perder puntada das reaccións do raparigo.

Pestanexaba, pareceume que tremía de espanto.

—Si. Karim e Faruq. Xentalla. Fanse pasar por amigos, mais son traidores... Non te podes fiar deles...

—E aquí estarás seguro? Non tes medo de que te atopen?

—Non lles dirías que estaba aquí –Ás veces, unha pregunta como a que acababa de facer Alí, formulada con auténtico pánico, ten máis valor ca unha resposta directa. Aquilo significaba que Alí se sentía seguro alí, lonxe das poutas daqueles homes. E que lles tiña moito medo.

Neguei coa cabeza e suspirou aliviado.

—Non saben nada da banda nin deste sitio. O meu pai levábao en segredo, non quería que ninguén lle quitase o negocio.

—Que día te refuxiaches no solar da carraca, Alí? –preguntelle.

—O luns da semana pasada.

O luns, o día en que Aisha chamou á casa dos Hiyyara e non contestaban.

—O luns, dis? Non foi o martes cando ti e mais o teu pai fostes roubar á tenda de Gironés?

—Ah, si. Foi martes, si. –Mirou de esguello ao seu redor, temeroso de que algún dos seus compañeiros o oíse e o desmentise.

Pero Iqbal xa se retirara a durmir ás casiñas do parque, como os demais, e Suleyman miraba para nós sen ouvirnos, aparvado polo alcohol e as drogas e perdido en fantasías privadas.

—E o teu pai díxoche que viñeras aquí, que xa te viría buscar...

—Si, si, si! –coa vehemencia excesiva dos mentireiros inexpertos.

—Non o creo –solteille.

—Non? –desolado.

—O roubo. Que raios tiña que ir roubar teu pai a unha tenda miserable de ultramarinos?

Buscou a resposta e atopouna:

—O meu pai discutira co propietario da tenda. Quería vingarse –un incidente do que eu xa oíra falar.

—E por que discutiron? Estafábao cando lle pesaba as lentellas?

Considerouno en serio, sen pillar a retranca:

—Non, ho. A comida mercabámola no híper da autopista, que alí é máis barata.

—Entón, en que negocios andaban?

—Iso é un segredo.

—Pois non cho creo.

—O señor Gironés e o meu pai eran socios –soltoume case con rabia–. O señor Gironés era quen lle mercaba as cousas que roubaban os da banda. Os móbiles, os reloxos, todo. E non sei que pasou que lle dixo que xa non lle quería mercar máis cousas, e discutiron, e o meu pai estaba moi enfadado. Dicía: «Deume as costas, cre que pode deixarme á marxe, vaimas pagar.» E por iso fomos vingarnos.

—Estasme dicindo que o señor Gironés...? –quería que a voz me soase incrédula, mais non o conseguín.

—Si! E tanto me ten se non me cres!

—De acordo. Tranquilo.

... Porque podía crelo. Como mínimo, encaixábame coa actitude do tendeiro, que non demostrara ningún interese por facer que a policía buscase activamente a Omar. A pesar de que a garda urbana atopara aquela tarxeta da Seguridade Social que acusaba a Omar, Gironés dixera que non vira o ladrón e que podería ser calquera outro, e quitáballe importancia a un contundente fungueirazo que o deixara inconsciente durante un bo cacho, algo que posiblemente aumentara a gravidade do delito e que talvez fixera que buscasen cun pouco máis de interese ao malfeitor.

Se era certo o que me dicía Alí, a Gironés non lle conviña que pillasen a Omar, xa que este podía denuncialo como cómplice, como comprador dos obxectos roubados que el lle subministraba. E, de feito, el non denunciara o roubo. Foran os veciños os que, ao oíren ruído, avisaran a garda urbana.

5

De alí a un pouco, Suleyman e Alí tamén durmían. Un sobre o banco, o outro tirado no céspede que había baixo a escultura abstracta. Supoño que eu me mantiña esperto porque non bebera nin fumara tanto coma eles.

Achegueime a Alí e abaneeino no ombreiro para obter uns momentos máis de atención. Custoulle pouco abrir os ollos, así que pensei que o rapaz tiña máis ganas de ter ganas de durmir que sono. Se cadra levaba días con insomnio. Eu non paraba de preguntarme qué lle pasaba, cál era o seu segredo, de qué se agachaba, qué sabía e non quería dicirme. Mais non tiña intención de sometelo a un interrogatorio.

Exclamou:

—Eh!

Reclamei silencio poñéndolle un dedo nos beizos.

—Escoita, Alí. Dixéronme que os teus avós, os pais da túa nai, queren adoptarte.

Os ollos abertos coma pratos non pestanexaban. Alí estaba esperando unha información máis substanciosa. Ou máis esperanzadora. Negou coa cabeza.

—Non –dixo–. Eu non vou a ningures.

—Non terías que vivir aquí, deste xeito. Vivirías moito mellor...

99

—Eu non coñezo os meus avós. Pelexaron coa miña nai antes de que eu nacese. Viven moi lonxe.

—Ou poderías ir á granxa, co teu tío e Aisha...

A resposta saíulle tan rápida que souben que considerara seriamente aquela posibilidade máis dunha e máis de dúas veces.

—Non, alí non. Alí é onde primeiro me buscarían.

Volta ao principio.

—Pero quen te está buscando, Alí? De quen te agachas?

Tivo que pensalo antes de contestar.

—A policía, pola cousa do roubo, xa cho dixen.

—A policía non te busca a ti, Alí. Só ao teu pai.

—É igual. Estou ben aquí.

Pechábase en banda e ofrecíame un sarillo de verdades e mentiras moito máis difícil de desenlear que se se limitase a mentir en todo. Decidín non insistir máis.

—Non che estou pedindo que veñas comigo. Mira...

—Saquei da mochila unha cartolina onde escribira a palabra *Flanagan* e o meu número de teléfono–. Se precisas algo, calquera cousa, chámame. Se quero verte, búscote no soar da carraca. Non tes nada que temer, non lle direi a ninguén onde te agachas. Ten moito coidado. –Saquei tamén os vinte e cinco euros que me tocaran no reparto do botín–. E toma isto. Por se acaso. Teno agachado. E non tomes drogas nin alcohol. Nin gastes estes cartos se non é por un motivo moi urxente. E conta comigo, estamos?

Deille un bico na fronte.

Deixeino chorando.

Tiven que volver á casa a andar porque quedara sen un can. Cheguei de madrugada.

6

A noite do 23 de xuño é a máis curta do ano e, seguindo tradicións ancestrais, na miña cidade o acontecemento celébrase cunha boa verbena. A xente sae á rúa a queimar petardos ruidosos, luminosos e fedorentos, e a bailar ata as tantas, e a ver saír o sol na praia. Xa vai calor, acabaron as clases nos institutos e entre a mocidade reina a euforia. Máis aínda se, como aquel ano, a verbena cadra en luns, encaixonada entre a primeira fin de semana do verán e a festa do día seguinte, San Xoán, formando unha ponte de catro días que un gran número de cidadáns aproveita para coller unhas curtas vacacións, nun preludio do inmediato verán.

O día 23 de xuño, aínda sendo laborable, está cargado de expectativas. Ninguén está polo labor. Nos bancos, os empregados perden as contas ao facer balance; nos talleres mecánicos, non hai maneira de detectar avarías; os médicos dedícanse a repasar as páxinas dos manuais que tratan de queimaduras; a policía está nerviosa porque sabe que se multiplicarán os problemas, e os bombeiros din que é a peor noite do ano.

E é que todos están obsesionados pola verbena, a verbena de San Xoán, a noite máis curta, a noite sen fin, a noite en que todo está permitido.

Aquel día, os rapaces máis desleixados proban a roupa diante do espello, e peitéanse, e limpan os zapatos, como non o fixeron durante o curso e como probablemente non volverán facelo ata o ano seguinte. As rapazas non aspiran a estar guapas, senón sexis.

Non obstante, hai pais que non o entenden. O meu, por exemplo. Cando saín do meu cuarto, pasada a unha do mediodía, cos pantalóns curtos do pixama, os pelos todos alporizados e a cara macia polo sono, o meu pai non me recibiu cun sorriso e un comentario do estilo «espero que o pases ben esta noite, meu fillo querido!», senón que rosmou:

—Que ben fixeches descansando tantas horas, porque hoxe xa sabes que traballamos ata a madrugada!

Era unha vella discusión que, co paso dos anos, íase agravando. Canto máis vello ía eu, máis daba el por suposto que tiña que axudarlle no bar en vez de ir cos amigos. Aquel ano, ademais, a Asociación de Veciños decidira pechar a rúa para organizar unha verbena popular con DJ incluído e o noso era o único bar que quedaba dentro do perímetro da celebración, de modo que fariamos caixa e teriamos moito movemento. O meu pai xa mobilizara a Pili, ao mozo de Pili, e mais ao señor Eliseo, que nos axudaba de cando en vez, á miña nai (como é natural) e, vaia, por último mais non por iso menos importante, *last but not least*, ao voso amigo Flanagan.

Non obstante, o voso amigo Flanagan tiña compromisos adquiridos. Por exemplo, unha moza pera agardando por el.

—Papá, non sei se che poderei axudar esta noite...

—Ai, non! Que apostamos?

O meu pai estaba moi intransixente e eu estaba durmido de todo, de maneira que supuxen que levaba as de perder e deixei as discusións para máis adiante.

Mentres almorzaba un bocadillo de xamón no bar, porque aquelas horas parecían impropias para un café con leite e pastas, o xornal lembroume brutalmente o que aprendera a noite anterior.

Unha noticia sacudiume. Non era a primeira vez que lía algo parecido, pero, despois das últimas experiencias, o naufraxio dunha patera pareceume moito máis tráxico ca nunca.

Dezaoito mortos nas costas de Cádiz, entre eles un neno de meses e unha muller embarazada. Sabíase que o grupo viaxaba en dúas pateras e que sumaban corenta e seis, de modo que aínda había vinte e oito desaparecidos.

Recordaba a Mohammed dicindo que os que viaxaban en patera eran máis «afortunados». Eran os que tiñan cartos para pagar a viaxe, os que despois tiñan traballo. Os cartos da viaxe saían de vendelo todo, de queimar as naves, de borrar o pasado nunha aposta incerta por un futuro dubidoso e inxusto. Nos traballos que atopaban eran explotados por uns individuos sen escrúpulos, que lles retiñan os pasaportes e tratábanos coma escravos aproveitándose da súa precaria situación. Talleres clandestinos e prostitución. E delincuencia.

Eses eran, segundo Mohammed, «máis afortunados». E Iqbal estaba disposto a traballar para os traficantes, disposto a facer «calquera cousa».

Todo iso me arrepiaba.

Na páxina seguinte, na mesma sección de sucesos, había información que parecía posta alí a propósito como contraste. Tamén ía de viaxes. En Dinamarca, un Aston Martin que participaba na carreira clandestina de coches de luxo, a Transeuropa, saíra disparado por unha ponte da autopista polo exceso de velocidade, e fora aterrar no patio dunha casa, ante os ollos dunha familia que vía tranquilamente a tele no salón. Aquela xente levara un susto de morte pero, milagrosamente, ninguén resultou ferido. O condutor xa lle pagara unha indemnización ao cabeza de familia e o avogado do condutor aceptara, nun xuízo rápido, unha amoestación do xuíz e a retirada do carné de conducir ao infractor durante seis meses.

E o infractor proseguira a viaxe noutro coche, conducido polo que ata daquela era o seu copiloto.

Poida que alguén diga que comparar as dúas noticias é facer demagoxia, pero a min non mo parecía.

Aquilo, ademais, levoume a pensar en Erreá e na posibilidade de que aparecese por Barcelona unha vez concluída a carreira. Non me facía graza ningunha. A súa familia e a de Nines eran amigas e, inevitablemente, volveríanse atopar. Non é que dubidase de Nines, pero temía que o seu ex mozo conservase íntegra a súa capacidade de crear problemas.

Por se non estaba ben amolado con aqueles recordos e aquelas noticias e a perspectiva de pasar a verbena vilmente explotado, e a presenza dun pai que non paraba de repetir: «Que fas aí sentado? Bule, que hai que descargar caixas de cervexa, que necesitamos unha boa provisión!», aínda por riba, recibín un anónimo.

A correspondencia estaba no extremo da barra, onde a deixara o carteiro. Cartas do banco, facturas de provedores e un sobre dirixido a min sen remitente. Pensei, de broma: «Un sobre sen remitente é un anónimo.»

E, efectivamente, era un anónimo. Un dos peores anónimos que recibín na vida.

Unha folla de papel branco cunha mensaxe escrita en letra Times New Roman do 14. Moi breve.

Non reproducirei exactamente o que dicía porque o contido era groseiro e ofensivo, mais podíase resumir en poucas palabras: eu xa gozara bastante de Nines e máis valía que non lle volvese poñer a man enriba porque ela agora pertencía a outro.

Durante un bo cacho, aos efectos dun shock traumático sumáronse os restos de sono e xaqueca. Xuraría

104

que mesmo cambaleei, que tiven que agarrarme ao mostrador, que me vin obrigado a pechar forte os ollos e a volvelos abrir un par de veces ou tres para enfocar ben as letras e asegurarme de que aquilo non era unha alucinación.

Naquel momento, empecei a pensar que quizais nos últimos días non lle fixera moito caso a Nines. Tomei conciencia de que a tiña un pouco abandonada, que os nosos bicos eran máis superficiais que apaixonados, que as nosas conversas eran demasiado apracibles e serias e formais, sen aqueles risos rebuldeiros e excitados do principio. Vinme embarcado nun veleiro que abandonaba a beira onde se atopaba Nines, e Nines nin sequera me estaba mirando, e un mar enteiro se ía interpoñendo entre os dous.

Pánico.

Cando quixen chamala, deime de conta de que tiña o móbil desconectado dende a noite anterior. Entraron seis mensaxes.

Catro eran de Charcheneguer. Moi angustiado, nun bisbar dramático, que non era de broma. «Flanagan, por favor, chámame! Flanagan, por favor, necesítote!»

As outras dúas mensaxes eran de Nines. Unha dicía:

—Que quere o teu amigo? Por que lle dixeches que me chame? Non sei que conta dun anel de brillantes e de que a policía anda atrás del por un roubo e que é inocente. Pareceume que estaba peneque, pero que a cousa era seria. Cando lle estaba pedindo que mo contara todo con máis calma e detalles, cortou en seco a comunicación. Sabes de que vai a historia?

Todo se ía enguedellando máis e máis ao meu redor.

A segunda mensaxe de Nines dicía:

—Paréceme que non imos poder pasar a verbena xuntos. Vou camiño de Sant Pau del Port, vou ver á miña nai, que seica ten problemas. Chámame cando poidas.

Rumor de motor de coche ao fondo. E non conducía ela, porque aínda non tiña carné. Nin a súa nai, porque a súa nai xa estaba en Sant Pau del Port. Quen conducía?

Sant Pau del Port era a vila onde ía a panda de nenos peras amigos de Nines. Alí celebrarían a verbena. E Nines non dicía: «Ven comigo a pasar a verbena.» Xa o daba por feito e fuxía a toda velocidade pola autopista por se acaso se me ocorría apuntarme. A iso lle chamo eu unha exclusión taxativa. Non parecía que me dese a oportunidade de sumarme á festa.

A sétima chamada era de Carla:

—Eh, Flanagan, que quedei colgada en Barcelona! –co ton de quen dá unha excelente noticia–. Ti tamén, verdade? Paréceme que iso nos dá dereito a consolarnos mutuamente, non si? Chámame e quedamos para a verbena.

Pareceume excesivo. Borrei a chamada e o número de Carla da axenda por se me entraban tentacións de chamala.

Facíaseme sospeitosa a maneira en que todo coincidía e o anónimo fora a chispa que prendera o lume a todo o material inflamable paranoico que se ía acumulando.

O meu pai espertoume do pesadelo en que se ían convertendo os meus pensamentos.

—Bule, home, bule! Que fas aquí, falando só?

Polas trazas, nada o faría abdicar da súa intención de obrigarme a pasar a noite no barrio, servindo cervexas e cubatas e cortados e coñacs e whiskis ata as catro da mañá ao ritmo da canción do verán e en medio dun bombardeo comparable aos da Segunda Guerra Mundial.

—E sabes por que prefiro que pases a noite aquí, comigo? –preguntoume cando xa me tiña convencido.

—Por que?

—Porque non quero que busques problemas co integrismo islámico.

E eu:

—Que estás dicindo?

CAPÍTULO 5

1

O meu pai, obsesionado co integrismo islámico. Que o fulano que chamara o outro día era un árabe, que falaba con acento árabe, que a el lle daban moito medo os integristas islámicos porque se estaban infiltrando entre nós e entre os árabes bos e traballadores do barrio coa intención de perpetrar atentados, e que eran moi perigosos.

—En que andas metido, Xanzolo? –preguntaba francamente asustado.

Eu pensaba: «E quen será ese que chama? Quen pode ser?», e non se me ocorría ninguén.

—Non me metín en nada que teña que ver co integrismo islámico, papá –respondíalle eu.

—Seguro que non estás investigando unha cousa de mouros? Aqueles informes comerciais que me dixeches que che encargaran... Son sobre alguén da praza dos mouros?

—Non, non.

—E logo como chamaron dende un teléfono público da praza dos mouros?

—Como?

—Eu tamén sei facer de detective, oíches? Chamei ao teléfono dende o que te chamaran e resulta que é

109

un teléfono de moedas dun bar dos que hai na praza dos mouros. Ou sexa que...

«Karim», pensei, alarmado. «Karim, Faruq, Rashid.» Pero como conseguiran o número da miña casa?

—Ben... –dixen ao mesmo tempo–. Non son mouros, papá. Son marroquís, de Marrocos, ou magrebís, do Magreb, ou arxelinos ou norteafricanos, ou musulmáns, pero non mouros, papá...

—Como sexa. Terroristas!

—Papá, por favor, non digas parvadas!

Así cortei a conversa. Coa sospeita, non obstante, de que as palabras do meu pai non eran parvadas de todo. Estaba máis asustado ca min. E eu, inconsciente, novo, rebelde e detective, non facía caso das intuicións paternas. A onda xigante continuaba medrando e achegándose a traizón, pasesiño, e eu estaba demasiado atrapallado como para prestarlle atención.

Durante a tarde, despois de encher o frigorífico, pelexarme co provedor de licores, servir todos os menús do día do mundo e sacar á beirarrúa as cadeiras e as mesas para ampliar a terraza, puiden por fin comunicarme con Nines.

—Ola, Nines. Onde estás?

E meu pai:

—Neno! Que fas aí, sen facer nada?

Nines:

—Estou en Sant Pau, Flanagan! –berraba coma se estivese en medio dunha treboada.

—Que pasou?

—Que o Amigo soltouse do morto e foi todo o día á valga.

—O amigo?

—Si!

—Soltouse do morto?

—Si! Perderámolo! Mamá está soa aquí, en Sant Pau, porque o meu pai está de viaxe, e chamoume esta mañá, toda encerellada, porque non sabía que facer.

—Pero...

—Por iso vin. Tivemos que mobilizar unhas cantas barcas e agora mesmo acabamos de localizalo. Está cerca das rochas e, se non apuramos, as ondas vano esnaquizar.

—Pero, polo que máis queiras, que amigo é ese? Que está pasando?

—O Amigo! O noso veleiro de nove metros.

—Veleiro?

—O barco. Veleiro. Embarcación que traballa con velas e motor. Tiñámolo atado ao morto...

—Ao morto?

—Un bloque de cemento no fondo do mar, de onde sae unha corda cunha boia e que serve para ter atadas as embarcacións na baía, afastadas da praia. Unha especie de áncora ou amarradoiro...

—Ah, si, si. Xa o entendín. O voso veleiro. Que se soltou. Xa. Ben. Do morto, si. A piques de esnaquizarse contra as rochas, si. Pero dixéchesme que non podías pasar a verbena comigo...

—É que vou quedar aquí, en Sant Pau, porque mamá ten un desgusto...

—Pero...

—Perdoa, Flanagan, pero é que estamos en plena operación de rescate e necesítanme. Teño que deixarte. Chámame máis tarde.

Máis tarde tiña o móbil desconectado.

Durante toda a tarde e toda a noite, non puiden quitar a Nines da cabeza. Víaa cada vez máis afastada de min, ela na beira e eu no barco, coa sensación de que a miña voz xa non lle chegaba, como se xa non

111

puidera abrazala nunca máis. O barco arredábase como o veleiro de Sant Pau, e precipitábase contra as rochas, e eu non sabía ou non podía evitar que as ondas o esnaquizaran.

Víaa o venres anterior, desinteresada do caso que eu levaba entre mans e que teimaba en contarlle. Ou se cadra era eu quen se obsesionaba con historias de polis e ladróns e non prestaba atención ao que ela quería contarme. De que estiveramos falando, o pasado venres?

Non me lembraba. Que me contara ela? Nin idea.

E, despois, víaa na súa casa, rodeada de amigos peras e perdularios durante a noite do sábado, precisamente cando quedaramos para irmos a unha obra de teatro, unha obra de teatro que a min non me apetecía nada, á que ía para compracela a ela, disposto a sacrificarme por ela. Non sería que nos sacrificaramos demasiado un polo outro? Ela escoitando as miñas historias sinistras, que non lle interesaban nada, eu xordo ás súas historias, que non daba lembrado. De súpeto, resultaba que a atención de ambos íase dirixindo cara a outro lado e agora unha mensaxe anónima resolvíao e descubríao todo: «Nines xa non é túa.» Hostia, estaba mareado, perdido, angustiado, desacougado, deprimido, a piques de chorar. Que raios me estaba pasando?

Nalgún momento da tarde, quixen evadirme das preocupacións sentimentais e das obrigas tabernarias chamando a Lahoz, aínda que era consciente de que non me atopaba no meu mellor momento, que non estaba seguro de poder botar man da sutileza necesaria.

—Si!

Fondo de música e brindes de vasos.

—Lahoz?

—Si?

—Flanagan.

—Ah, Flanagan! –cordial, xovial, feliz. Con voz de falar con «ese raparigo, amigo meu»–. Como vai o noso?

—Xa localicei a Alí.

—Que me dis? Es un crac, Flanagan! Onde está?

—Aínda non cho podo dicir.

—Que? Non digas parvadas...

—Non está nun sitio fixo. Vino, falei con el. Podo dicirvos que está ben, san e salvo. Pero despois de falar, escapóuseme. Ten medo, está fuxindo de algo.

—De que?

A pregunta pareceume tan espontánea que crin que Lahoz realmente ignoraba que o neno estaba fuxindo e agachándose, asustado.

—Iso mesmo che ía preguntar eu.

—Non sei de que pode estar fuxindo. Non se me ocorre. En todo caso, dille que pode confiar en min...

—Heillo dicir, si... Se dou con el.

—Como que se se dás con el? A ver, Flanagan! –berrou de súpeto. E os risos, os parrafeos e o tintinar de copas que había ao seu redor esvaecéronse–. Imos por partes, que ao mellor non acabaches de entendelo! Pagueiche seiscentos euros para que atopases a Alí e ti atopáchelo, e agora tes que dicirme onde está! Se non te fías de min e non mo queres dicir, devólvesme os cartos e acabouse!

—Precisamente non che podo devolver os cartos...

—Entón tes que dicirme onde está. O compromiso é este: pasta a cambio de Alí.

—Ben, vouno pensar...

—Non, nada de vouno pensar, quero saber onde está Alí, que para iso che pago, e quero sabelo canto antes!

—Un momentiño, Oriol. Eu díxenche que o mércores terías resultados. Aínda estamos a luns. E, ademais, vou precisar algúns cartos máis...

—Que?

—É que, entre untar a uns e a outros e gastos xerais, acabáronseme os que me deches. Este é un caso difícil!

—Escoita, Flanagan! Estasme pedindo máis cartos despois de cobrar seiscentos euros, ti, que normalmente debes de cobrar dez euros por atopar cadelos perdidos? Saca de aí! De que vas? Que é isto? Unha chantaxe? —Eu quería replicar, mais el non mo permitía, cos seus berros e coa súa vehemencia—. Douche dous días máis, ata o mércores, tal e como quedamos. Pero mércores tes que dicirme onde está Alí, ou terás que devolverme o que che paguei. E, se xa o gastaches, espílete, porque, como chos teña que cobrar, xúroche que teño práctica, que os recuperarei aínda que teña que meter a man na caixa do teu pai. Entendíchelo?

—Escoita, Oriol...

—Entendíchesme ou non?

—Si, cha te oín.

—Pois que non se che esqueza!

E colgoume.

Entón, chegou a verbena propiamente dita, máis ruidosa ca nunca. Ao meu redor estoupou un auténtico polvorín cun boureo que impedía toda comunicación, toda concentración, e, mesmo, calquera tipo de pensamento coherente. Sobre a miña cabeza lumbrigaban palmeiras luminosas de mil cores, aos meus pés emerxían volcáns de lume con ledas faíscas coma brichas, os cohetes asubiaban de tal xeito que me daban ganas de botar corpo a terra e abrir a boca para protexer os tímpanos. Cando menos o esperabamos, o DJ contratado pola asociación de veciños entregouse con entusiasmo ao seu traballo, consistente en atordarnos con decibelios. Rumba, blues, rock, tango, twist, paso-dobres, e a xente bébeda e feliz movendo o cu sen sentido ningún do ridículo.

E eu, servindo seis cubatas á mesa dos matrimonios, e unha botella de cava para a parelliña de recén casados da panadería, e coidado cos dous pillos da mesa do fondo, que son capaces de marchar sen pagar ou que igual están á espreita de bolsos e carteiras, e uns coñacs para a mesa da ferretería, que hoxe trouxeron a todos os parentes da vila, e atento á panda de *skins* que acaban de chegar, que non busquen lea, e dous gintónics á mesa do Monxiña e familia, e agora coca (o tradicional produto de repostería catalá, non confundamos), e máis cava, e máis cubatas, e máis música, e máis coca, e máis decibelios, e máis gintónics, e máis explosións, correndo Flanagan coa lingua fóra dun lado para outro, toda a noite, sempre en dirección a onde sinalaba o furabolos estendido do meu pai, que só me faltaba poñerme a cantar un espiritual negro para parecer un escravo obedecendo as ordes do amo da plantación. Suando a fío, porque había un bochorno insoportable. Devecendo por chamar a Nines e chamando, en cambio, cada dúas por tres, ao amigo Charcheneguer, que tamén me tiña preocupado.

Chamárao despois do xantar, e polo serán, durante os preparativos da verbena, e cando empezaba a vir xente a reservar mesa e o DJ era só unha ameaza sen consistencia, un mozo imberbe que xogaba con altavoces e mesas de mesturas e algúns CD. Continuamente, saíame a voz de Charcheneguer dicíndome que non podía atenderme, que fixera o favor de deixarlle unha

115

mensaxe. Eu deixáballe a mensaxe: «Que queres? Chámame! Que che pasaba onte?»

Por fin, chamoume el. Co estrondo da pirotecnia e a música, non o daba oído. Notei a vibración do móbil no meu peto. Tiven que subir ao meu cuarto e pecharme con chave para poder falar sen interferencias.

Uf, que descanso. Puiden estomballarme na cama. Un descanso ben merecido, aínda que para ben ser, cumpríame a presenza dunha instalación de aire acondicionado.

—Dime, Charche!

Quizais tiñamos tranquilidade acústica, pero aí acababa a paz. Charche non estaba tan tranquilo. Bisbaba con ansia moi nervioso.

—Pero pódese saber que che pasa?

—Que me metín nunha lea moi enleada, Flanagan!

—Explícate.

Contoumo. O que me faltaba.

2

Que o sábado anterior atopara cun amigo, un rapaz que coñecera no ximnasio, un tal Quique Antón, Antón de apelido, un tío moi curro e con moita iniciativa. Atopáronse, e Quique Antón pediulle a Charcheneguer que o deixara conducir o buga, «vas ver (dicíalle), vas ver». Que tiña unha solución para conseguir o anel de brillantes que Charcheneguer quería para Vanesa. Charche, así de entrada, non se atreveu a confesarlle que xa mercara o anel, e que o levaba enriba, porque, en realidade, non se fiaba demasiado de Quique Antón. Charche opinaba que era un compañeiro ideal para pasalo ben, pero que se cadra resultara demasiado impulsivo, un pouco imprudente e tarambaina.

Malia todo, permitiulle que conducise o buga. Era un cacharro con rodas que Charche mercou nada máis sacar o carné de conducir. Se o mirabas de lonxe e pechabas un pouco os ollos, a súa forma lembrábache a dun coche, e por algunha razón paranormal, tamén era capaz de desprazarse dun lado a outro coma un coche. Quero dicir que tiña catro rodas e un volante e un cambio de marchas, pero o mecánico do barrio consideraba un milagre de San Cristovo que conseguise pasar a ITV cada ano. Naquela época, Charche levábao pintado de vermello, negro e amarelo, cunhas lapas no morro, e estaba moi orgulloso del.

Comprendín, xa que logo, a súa desolación cando comprobou que Quique Antón, aquel rapaz impulsivo, imprudente e tarambaina, só quería conducir o buga para espetalo contra o escaparate da xoiería Marelsa (Marabillas Elegantes. S. A.), a única do barrio. E aínda resultou máis terrible para Charche o feito de que Quique Antón non apuntase ben e, en vez de empotrar o vehículo no escaparate, cravase a parte dereita do capó no marco de pedra da porta. Non sei que substancias tomaran antes de iniciar aquela aventura, nin cales eran as calidades de Quique Antón como condutor, pero o coche quedou definitivamente inutilizado e, en cambio, o enorme cristal da tenda só fendeu un pouco por tres puntos diferentes. Son moi resistentes eses cristais blindados dos escaparates das xoierías. Non obstante, Quique Antón, sen pensalo dúas veces, saltou do buga armado cunha barra de ferro e disposto a acabar de escachar o cristal.

Charche dicía que correu detrás del e suxeitoulle o brazo.

—Pódese saber que estás facendo? –preguntou, a berros para que o oíse por riba do estrondo da alarma que se disparara.

—A ti que che parece? –respondeu Quique Antón cunha pregunta evidentemente retórica–. Non querías un anel de compromiso? Pois isto está cheo de aneis de compromiso!

Charche, horrorizado, sacou o anel do peto e amosoullo.

—Pero se xa teño un anel! Mírao! Non quero máis! Non fai falta que rebentes o escaparate!

Xa estou vendo a cara que lle debeu de quedar ao tal Quique Antón. Non creo que tivese ganas de entreterse explicándolle que, se preparara aquela alunizaxe, non era unicamente para procurarlle un anel de compromiso ao seu amigo. En todo caso, naquel momento, as sirenas dos coches da policía sumáronse ao ruído da alarma e a fuxida fíxose prioritaria.

Botaron a correr.

Quique Antón levou ao Charche á súa casa, onde se refuxiara e de onde non saíra nin para mercar comida, de modo que, por se non fose dabondo, o pobre estaba esfameado. E moi asustado.

Porque Quique Antón tiña unha navalla, e revelárase como un delincuente perigoso disposto a todo, moi capaz de matalo se cheiraba que o estaba traizoando.

—Foi mercar comida, pero deixoume pechado aquí! Estou prisioneiro!

—Pero por que? Que che quere?

—E que vai querer? O anel! –Ás veces o Flanagan parece parvo–. Que fago, Flanagan? Que fago?

—Non me chames a min, parviolo. Chama á policía. Dilles onde estás!

118

—Se vén a poli detéñenme! Seguro que me están buscando a min. O coche espetado contra a xoiería era o meu. Cres que non o pensei? E se chamo polo móbil non crerán que estou prisioneiro, porque ningún secuestrador intelixente lle presta un móbil ao secuestrado!

—Charche –dixen–, chama á policía.

—Non, escoita, Flanagan. Teño un plan caralludo. Estíveno pensando e paréceme que é perfecto. Eu chamo á policía pero non lles digo nada, limítome a deixar o móbil descolgado e fago falar a Quique Antón para que quede claro que todo foi iniciativa súa e que eu son inocente. Entrementres, ti avísalos de que estou prisioneiro, secuestrado e disles que me veñan rescatar... eles poderían localizar onde está o meu móbil, polo tanto, onde estou eu... Que che parece? Facémolo así?

—Mira, Charche... Guíate por min. Punto un: chama á poli e dilles onde estás. Punto dous: se Quique Antón che pide o anel, dáshlo. Non te resistas. Xa o recuperarás cando o deteñan. Non xogues a vida por unha pedra, aínda que sexa unha pedra preciosa.

—Non llo podo dar, Flanagan! Ogallá puidera –case choromicou Charche. E dispúñase a aclararme o motivo cando algo o interrompeu–. Teño que colgar! Teño que colgar, Flanagan! Xa te chamarei!

—Chama á poli! –insistín.

E clac, cortouse a comunicación.

Chamei á policía do barrio, tratando de localizar algún dos meus policías coñecidos. De la Peña? Guerrero? Talbot? Estaba de garda Talbot, o experto en inmigración.

Si, estaba ao corrente do intento de roubo da xoiería Marelsa. Claro que si, e estaban buscando ao propietario do coche que alunizara contra o escaparate, por suposto, un tal Ramón Trallero. Charcheneguer, efectivamente.

Expúxenlle a nova versión dos feitos. O pobre Ramón Trallero era vítima dun malfeitor chamado Quique Antón que se apoderara do seu coche e que o tiña secuestrado no seu domicilio. Avanceille que Charcheneguer chamaría ao 091 e que deixaría o móbil descolgado para facer falar a Quique e aclarar a súa responsabilidade.

—Flanagan –díxome Talbot, cheo de paciencia–, acábannos de entrar dous accidentes mortais de tráfico, un asasinato no Poble Sec, unha batalla campal na Zona Franca, as rúas están cheas de atracadores, de homes que asasinan as súas mulleres, de traficantes de drogas e mesmo temos un caso apaixonante como o roubo das xoias Almirall, valoradas en máis de seiscentos mil euros... O teu amigo, en cambio, só escachou un escaparate, que estará valorado en tres mil euros, como moito... non dispomos de moito tempo nin de persoal abondo para atender este tipo de casos, enténdelo? Polo menos, non de forma prioritaria.

—Pero, neste caso, o meu amigo...

—Ao teu amigo non lle vai pasar nada –dixo Talbot, como se estivese seguro de todo.

E colgou.

A verbena continuou entre explosións e bailas, cava, coca, cubatas, gintónics e cervexas ata as catro da mañá. E despois, a recoller as mesas e as cadeiras e limpar un pouco o bar para que estivese presentable para os almorzos do día seguinte. O meu pai é un obseso.

Cando fun durmir, non me tiña de pé. Demasiadas emocións para un só día.

Nin sequera soñei con Nines, canso como estaba.

—Neno! Ao teléfono!

Ás nove da mañá. Só catro horas despois de meterme na cama.

—Que?

—Ao teléfono!

—Quen é?

—A policía!

—Que?

—A policía! O inspector Talbot. Fai o favor de poñerte, a ver que raio quere.

Reptei ata o aparello do corredor. Non me saía a voz. Ou, en todo caso, a voz que me saíu non parecía miña. O meu pai observábame, pero dende lonxe, ao final do corredor, como se non quixese oírme, como se preferise imaxinar a conversa na seguridade de que os seus medos e fantasías máis terribles sempre serían mellores cá crua realidade.

—Que? –preguntei.

—Flanagan?

—Son eu.

—Son Talbot. Ven decontado á comisaría. Teño que falar contigo.

—De que?

Clac. Sen resposta. Así é a autoridade. Eles mandan e son os que fan as preguntas, e non lle teñen que darlle explicacións a ninguén.

Como son novo e rebelde, e gústame plantar cara á autoridade, en vez de botar a correr entretívenme duchándome a conciencia para chegar á comisaría tan esperto como fose posible.

Mentres me vestía, cheguei á conclusión de que tiña que ser algo moi serio. Porque Talbot estaba de garda a noite anterior, cando o chamei, e hoxe aínda estaba levantado e en activo. Aquilo significaba que algo o mantiña encadeado ao seu escritorio a primeira hora do día de San Xoán, festa sinalada. Non estaría de bo xorne.

Algo relacionado con Omar? Con Alí? Con Charche?

—Que quería a policía? –preguntoume o meu pai con cara de pai de delincuente que se pregunta en que a cagou. A palabra *policía* soaba terrible na súa boca, como se me estivese a buscar toda a policía de España, de Europa. A Europol.

—Non o sei, papá. Agora vou a que mo conten.

—Ven aquí –ordenoume.

Levoume cara á rúa, cousa nada difícil porque precisamente eu quería ir á rúa. Cando estivemos fóra, turrou da persiana metálica do bar cara a abaixo con todas as súas forzas. De súpeto, tiña diante de min unha pintada en árabe que alguén fixera con tinta vermella mentres durmiamos.

—Uf –dixen.

E meu pai:

—Velo? Estante advertindo, estante avisando...

—Que di? –preguntei.

—Eu que sei! É árabe! E é unha ameaza, iso ben se ve! «Imos pog ti, Ganzolaass!». Que van atrás túa, Xanzolas, non o ves?

Suavizou o ton de voz, púxose diante miña, suxeitoume os ombreiros con mans firmes e miroume como miran os pais sobreprotectores:

—Que está pasando, Xanzolas? En que lea andas metido agora? Mira que é moi perigoso. Que estes non son uns chaíñas, que son terroristas, meu fillo... Que queren de ti eses mouros, ou magrebís, ou africanos, ou o raio ese?

122

—Non sei, papá –dixen–. A min, isto sóame a chinés. Ou a árabe. Non é máis ca unha falcatruada. Non significa nada. Non te preocupes, non estou metido en nada perigoso...

—Entre os magrebís honrados agáchanse terroristas islámicos, Xanzolas. Al Qaeda, Bin Laden e todo iso. A policía sabe que te están ameazando?

—Non me están ameazando, papá. Non sabemos o que pon aquí. Ao mellor di: «Bo Nadal.»

Nin eu o cría. Independentemente do seu significado, notábase o trazo violento con que fora escrita a mensaxe. Sen querelo, víñanme á cabeza imaxes daqueles dous homes, Karim e Faruq, con miradas que farían feliz ao director de cásting dunha película gore, e a chamada anterior, segundo as indagacións do meu pai, fora feita dende un bar do barrio.

—Xanzolaaas... –Ao meu pai se lle estaba acabando a paciencia. Abafábao a impotencia de verme xa case adulto, de non ter autoridade sobre min para protexerme.

—Non pasa nada, papá. E se pasase, estou en contacto coa policía, sabes? Agora vounos ver, papá. Falareilles destas pintadas. Quizais eles saiban de que van, porque eu non.

O meu pai aspirou aire polo nariz e soltouno pola boca, aceptando as súas limitacións. Resignábase a sufrir por min, con mamá, nun recuncho. Pero xa había uns anos que tivera que resignarse. É o destino dos pais de adolescentes.

—Ai, Señor –dixo–. Un día vas entrar nesa comisaría e xa non te van deixar saír.

Se Talbot, o día que o coñecín, me parecera desleixado e despeiteado, despois dunha noite de garda tan movida, pareceume case monstruoso. Non só era a necesidade dunha ducha ou un barbeado, nin os ollos inxectados en sangue, o alento fedorento e o feito de estar todo despeluxado, senón tamén a camisa por fóra dos pantalóns e a gravata frouxa. Un número.

—Pasa.

Fíxome tomar asento na cadeira que xa ocupara o día que nos coñeceramos e el sentou ao outro lado da mesa. Pensei que se probase a sentar coa perna no bordo da mesa, probablemente acabaría no chan. Necesitaba máis dun punto de apoio e máis de dous. Sacou un Camel do paquete cos beizos e prendeuno cun chisqueiro Bic de cor amarela.

—Vaia noite –dixo.

E eu:

—Élle o que hai. A verbena de San Xoán.

—E logo non sabes o que pasou?

Observábame intensamente con aqueles ollos vermellos e diabólicos pola falta de sono, como se esperase algún comentario ou reacción reveladora pola miña parte. Comentario e reacción que non chegaron.

Podería contarlle varias cousas graves que sucederan (por exemplo, que a miña moza Nines pasara a festa lonxe de min, por exemplo, que secuestraran a un bo amigo), mais deixeino falar.

—Onte pola tarde, un home, un árabe, un magrebí, chámalle como queiras, paseaba polo Poble Sec, preto do Paralelo, e cando pasaba por diante dunha xoiería... –Pausa dramática–... pegáronlle dous tiros.

—Hostia!

—Lembras que onte pola noite faleiche dun asasinato no Poble Sec? Pois era este. Foron os dous ocupantes dunha moto. Cubertos con cascos integrais, coa calor que vai. Un conducía e o de atrás disparou. Hai unha testemuña, mais non retivo a matrícula da moto.

124

—E o home, morto, alí, na rúa.

—Morto, alí, na rúa. Entón, unha veciña, que, por certo, é tatexa, e tarda moito en contar as cousas, di que o vira saír da xoiería. Xoiería-reloxería Gallardo. Falamos co propietario e, de primeiras, dixo que o mouro aquel non entrou na tenda. Informámolo do que viu a veciña tatexa e, entón, dixo que si, que o mouro entrou, mais con ánimo de roubar. Preguntá-moslle como o deixou entrar. O morto non tiña un aspecto moi tranquilizador e tiña que chamar ao tim-bre antes de entrar, para que lle abrisen desde dentro. Entón o propietario da tenda dixo que o mouro estaba á espreita e obrigouno. Que el ía saír da tenda para tomar un café e, ao abrir a porta, atopouse co mouro cunha navalla e díxolle que pasara para dentro...

Naquel momento, eu pensaba que dun tempo a esta parte semellaba que todo o mundo mentía, que a xente que estaba ao meu redor só abría a boca para enganar. Todo o mundo. E, aínda por riba, facíano mal. Ocorréuseme que incluso Talbot me mentía naquel momento. Por que me estaba contando todo aquilo?

—E...? –dixen, alerta.

—Non había ningunha navalla no chan, xunto ao árabe caído.

—Ou sexa, que detivestes ao xoieiro. Por mentiro-so, porque vos está ocultando algo...

—Non o detivemos, mais non por falta de ganas. Non podiamos acusalo de nada. A veciña que viu o asasinato asegura que o xoieiro estaba no interior da tenda cando se produciron os disparos. E hai unha empregada da xoiería que corrobora o seu testemuño. O xoieiro estaba na rebotica cando se oíron os tiros, coa empregada, poñendo orde na caixa forte.

Moi ben. Pausa longa. Talbot apagou o cigarro no cinseiro fedorento cheo de cabichas. E quedamos mirando un para o outro.

—E –dixen por fin, por que me contas todo isto?

—Porque o magrebí se chamaba Faruq. E vivía na praza dos mouros. E ti, o outro día, preguntaches por un tal Faruq, non si? E tamén preguntabas por Omar o Petos, que vivía na praza dos mouros, non é?

4

Quedei pampo.

—É –díxenlle.

—E...? –ponse el, cedéndome a iniciativa.

Supoño que os policías, con anos e anos de experiencia, acaban tendo un sexto sentido que lles permite saber cando unha persoa di a verdade ou non. Eu, coa boca aberta e sen dar fala, debía de ser a perfecta representación da sinceridade ou da idiotez. Balbucía, intentando atopar unha explicación que resultase satisfactoria para o inspector. E, entrementres, facía traballar as neuronas a todo gas. De momento, era unha actividade tan frenética coma inútil, porque non se me ocorría nada. Movín a cabeza. Necesitaba paz, tranquilidade e un ambiente acolledor e coñecido onde concentrarme. O meu cuarto, o despacho...

Ante a miña falta de resposta, Talbot bocexou, estricouse, apagou o cigarro e veu sentar canda min.

—Veña –dixo–: Cóntame en que andas metido. Que relación tes con ese Faruq?

Non lle falei de Oriol Lahoz, nin dos clientes que el representaba, nin de Rashid, nin de Aisha, nin dos nenos da rúa entre os que se agachaba Alí. Eu só era un pobre detective afeccionado que facía o que podía, que non era moito. Buscando a un rapaz chamado Alí, Alí Hiyyara, fillo de Omar o Petos, batera con dous matóns ameazadores aos que un neno descoñecido se referira co berro «Affaruq». Ou sexa: «Ab» (Pai), por Karim, e «Faruq», por Faruq.

—E que máis? –dixo Talbot.

—Faláronme tamén do pau que deron nunha tenda de comestibles dun tal Gironés, na rúa do Empedrado.

—Ah, si –sen moito interese. Notábaselle que, ao lado dun asasinato como deus manda, o caso do roubo sen botín era para el absolutamente insignificante–. E que máis?

Dubidei un momento. Quería preguntarlle se sabían ou tiñan noticia de que o señor Gironés fora perista e cómplice de Omar. Pero non podía mencionalo sen revelar que o soubera a través de Alí.

De modo que:

—E máis nada.

E máis nada. Ata aquí chegaba o famoso Flanagan.

O policía, que xa me concedera a categoría de inocente e inepto, cadrou conforme. Concluímos a conversa mentres el collía a chaqueta, púñaa sen meter a camisa dentro dos pantalóns e iniciaba a retirada cara a súa casa. Xa eran horas. Fora unha noite moi longa, moi atarefada, con moito café, moitos sustos, moitos berros e moitos nervios.

Para cambiar de tema, pregunteille, como por curiosidade, polos medios que pon a administración para protexer aos nenos inmigrantes ilegais. Estaba pensando na banda da rúa.

Como a miña pregunta non foi directa, a resposta tamén resultou nesgada.

—É moi difícil axudarlles. Teñen medo de que os pechemos ou que os devolvamos ao seu país. Como

127

moitos deles se dedican a roubar, cando os detemos, cada vez dannos un nome diferente. Como non teñen papeis e todos parecen iguais... Hoxe declaran que se chaman Nabil, e mañá, Mohammed, e pasadomañá, Hanan. A algúns xa os coñecemos porque os detivemos máis de setenta veces. Levámolos ao Servizo de Atención á Familia. O GRUME, o Grupo de Menores, encárgase deles...

—E despois? Se delinquiron, se roubaron...?

—Adoitan ser roubos de pouca monta, e ademais son menores... Non podemos retelos moito tempo. A lei di que un neno abandonado queda baixo a tutela da Generalitat e ten que ir a un Centro de Acollida, pero a mesma lei di que este centro non pode ser pechado, de maneira de poden escapar cando lles parece. E a maioría escapan. Nós intentamos convencelos para que colaboren na súa reinserción social, mais é moi difícil...

—En que consistiría esta reinserción social?

—Pois trátase de afacelos a un tipo de vida diferente, aos costumes deste país, pero son moi distintos aos do seu. Se o rapaz acepta colaborar, ingrésano nun Centro de Día para que adquira os hábitos precisos para independizarse. Ensínanlles carpintería, ou mecánica, ou a soldar, ou cousas así para que, ao chegar aos dezaoito anos, xa teñan un oficio e poidan traballar. E entón a Generalitat conséguelles un contrato dun ano.

Despedímonos xunta o seu coche, que estaba aparcado fronte á comisaría. Era un vello Talbot, home non! E moi escacharrado, home non! A xulgar polo seu aspecto, parecía que o coche tamén pasara toda a noite tomando café, fumando e dando voces.

Camiño da casa, non me puiden conter nin un minuto máis e chamei a Nines ao móbil.

Respondeu a súa nai. A súa mamá.

—Podo falar con Nines?

—Está durmindo –díxome–. Onte estiveron de troula ata a deshora.

Nunca me caera ben aquela señora. Podía aforrar o comentario! Nines andou de troula ata a deshora, e sen min. Estivo de esmorga con Hilario, e Román, e Sandro e Lourdes, e aquela Crissy que quentaba *pringaos*, e Tito Remojón. Se cadra saíran en barca, para celebrar a verbena en alta mar e bañarse en cirolas e gozar dunha orxía. Non quería nin pensalo.

Ao chegar á casa, metinme no meu cuarto sen que ninguén me vise nin me detivese. Por sorte, a miña nai xa a limpara e mesmo fixera a cama, aquilo garantía que ninguén entraría inoportunamente para interromper as miñas coitas. E se, de súpeto, o meu pai abría a porta e berraba: «Vaites, estabas aquí» (que todo era posible), podería dicirlle que me estomballara un chisco para descansar e quedara durmido, e apelaría ao traballo pesado e abnegado que fixera o día anterior, durante a festa, e a que me tivera que erguer moi cedo para cumprir coa miña obriga acudindo á cita cos corpos e forzas de seguridade do Estado.

Pero non durmiría. Eu sabía que non durmiría porque tiña a cachola chea de pensamentos e preocupacións. Nines, a información que me acababa de dar Talbot, a información que me dera Oriol Lahoz, as ameazas que non sabía exactamente de onde viñan...

O meu cerebro teimaba en obsesionarse co asunto de Nines (se non a atendera dabondo durante os últimos meses, se se enleara con algún daqueles peras, se me quería, se non me quería, se o noso amor era ou non imposible, se fora, durante a festa, bañarse en bólas nunha cala solitaria), mais eu resistíame e empeñábame en concentrarme no caso de Alí e do defunto Faruq.

Por que asasinaran a Faruq?

Antes de nada: qué me facía pensar que a súa morte estaba relacionada co caso de Alí e Omar Hiyyara?

Polo que sabía, aquel individuo era tan delincuente coma Omar. E, probablemente, dado que vivían no mesmo barrio, coñeceríanse. Quen sabe a que se dedicaba exactamente aquel Faruq. Os asasinos podían ser dous inmigrantes clandestinos aos que explotaba e trataba coma escravos, por exemplo, ou os pais e os irmáns das mulleres que prostituía. Ou podían ser membros dunha banda rival, por que non? Ou se cadra se metera nalgún asunto de drogas. A súa morte non tiña por que estar necesariamente vencellada a Alí ou a Omar Hiyyara...

... E se o estaba?

E se a Faruq (idea repentina e luminosa) o matara Omar Hiyyara?

Vaiamos por partes.

A todo isto aínda podía engadirlle que Alí xa estaba na camposa da carraca o luns día dezaseis, e que o roubo fora o martes dezasete.

En tal caso...

En tal caso, non me aclaraba.

Había algo que me roldaba pola cabeza, unha pregunta vital perdida baixo a capa de preocupacións e comeduras de cabazo. Non obstante, o peor non era que non tivese resposta para esa pregunta, senón que nin sequera a daba formulado.

C A P Í T U L O   6

1

Creo que durmín, e nos meus soños, en vez de Omares e Alís e Faruqs tiroteados, só aparecía Nines. Nines contenta, rindo, feliz, espíndose para meterse no mar á noite. Eu víaa pero sabía que tiña compaña, como se a estivese mirando a través do visor dunha cámara situada tan preto dela que non me permitise observar o que pasaba ao seu redor. Só a vía en plano medio, mais sabía que estaba rodeada de xente, case podía oír as súas voces, os seus berros, as gargalladas, os chistes, un chiste malo, tan malo que me indignou, e vinme sobre a cama cos ollos abertos (acababa de abrilos?, fora un soño?) e ganas de incorporarme dun chimpo e botar a correr a toda velocidade non sabía exactamente cara onde para evitar non sabía que.

Así estaba eu, de lúcido, aqueles días.

Saltei da cama, si, mais non para correr, senón para botarme sobre o móbil e premer a tecla que volvía chamar ao último número marcado.

—Si?

—Nines? –con ansia.

—Ah, Flanagan –sen ilusión.

—Onde estás? –Ao mellor é que non podía falar con liberdade, quizais estaba discutindo cun notario

131

sobre algunha herdanza multimillonaria ou algo polo estilo.

—En Sant Pau.

Eu non me refería a iso. Pausa.

—Non vés?

—Teño que esperar para acompañar a mamá, esta noite. Está moi desgustada e non quere volver soa a Barcelona.

—Ah. –Iamos co freo de man posto–. E que tal estivo a verbena?

—Ben, normal. Estivemos oíndo música e falando un pouco.

—Ah. Non fostes bañarvos pola noite, coa calor que ía?

—Non.

«Non.» «Non?» Que non máis seco. Non podía dicir: «Pensámolo, pero ó final non o fixemos» ou «E logo por que o preguntas?» ou «Nunca me baño de noite se non é contigo» ou «Si»?

E eu:

—Ah –coma un babiolo–. Así que non volves ata esta noite.

—Si. É que mamá está moi desgustada co do Amigo.

—O amigo? Que amigo? –Quería preguntar: «Tito Remojón? Hilario Charles Atlas?»

—O Amigo. O veleiro.

—O veleiro?

—Si, ho, o veleiro chámase Amigo. As ondas lanzá-ronono contra as rochas e por poucas non o desfán.

—Ah, si, si, xa mo dixeches, tes razón. E o teu amigo como está? –Non sei se entendedes o sentido da pregunta.

—Despois de encallar, quedoulle o mastro pendura-do e cambaleando dos obenques. –Creo que me estaba a devolver a pelota. Mais engadiu–: E tamén ten un buraco grandísimo na quilla. Imos ter que levalo ao dique seco, a ver se se pode reparar. –Como podía interpretar as súas palabras?

—Ben. Vaia, síntocho. Oíches... –Ehem–. Podiamos vernos esta noite?

—Non. –Non dixo «síntoo», nin «é unha mágoa», nin «dóeme na alma». «Non» e fóra–. Cando cheguemos a Barcelona virá o meu tío Afonso, irmán de mamá, que é o auténtico propietario do iate e quere que lle conte o que pasou. Eu non sei que ocorreu, pero vou ter que dar a cara. A culpa debe de ser do último que amarrou o *Amigo*, que o fixo mal, imaxino, eu que sei.

Estaba enfadada? Molesta? Ben, era lóxico, despois do que lle pasara ao seu querido *Amigo*; pero, estaba enfadada ou molesta comigo?

Non llo preguntei.

—Vale, de acordo. Xa falaremos, eh?

Cando cortei a comunicación estaba máis axitado e confuso que antes. Unha sensación de carraxe que te leva a romper mobles e cravar os cadros máis caros da casa nos respaldos das cadeiras.

Chamáronme para xantar e, mentres remexía desganado os anacos de tortilla, o meu pai díxome que parecía canso e, milagrosamente o comprendeu, porque «a noite pasada traballaches moito» e recomendoume que botase «unha boa soneca». Estaba eufórico porque a verbena fora moi frutífera. De modo que me retirei ao meu cuarto e tireime na cama.

2.

Sobresaltoume o teléfono, que tiña xunta a orella.

—Si! –berrei.

—Ola. Son Carla. Carla Buckingham.

—Ah, Carla.

—Esperaba que me chamases onte, para a verbena.

—Non, non puiden.

Tiña ganas de colgar sen perder un segundo máis.

—Que fas?

—Pois agora mesmo estaba botando unha sesta, e espertáchesme.

—Vaia, canto o sinto –bisbaba, coqueta e sensual: non o sentía nada–. Así que onte á noite fuches de festa.

—Non. Estiven traballando aquí, no bar do meu pai.

—Eu tampouco celebrei a verbena. Non fun a Sant Pau del Port. Tamén estiven traballando.

—Ti traballando? –Resultábame inconcibible–. E logo, en que traballaches?

—No bar do meu pai.

—Teu pai ten un bar?

—É unha maneira de falar. Gustaríame estar contigo, axudándoche.

—Ah. –Realmente, tiña unha voz moi agradable. De locutora nocturna.

—Sería moito máis agradable, verdade? –falaba moi preto do micro, de maneira que a súa respiración estaba presente de forma continua, coma se estivese correndo, case parecía que alasaba.

—Ah. Si.

—Ben, non te molesto máis.

—Pero que querías?

—Que xa teño as fotos que che saquei. Queres velas?

—Si, vaia, agora non podo.

—Non, agora non, claro. Xa te irei ver. Como son en papel e eu non sei escanear, non chas podo mandar por *e-mail.*

—Claro, claro.

—Mira, unha pregunta. Ti como botas a sesta?

—Que?

—Si, se a botas vestido, ou en pixama, ou espido. Como?

—Ah. Vestido.

—Eu non.

Non sabía se quería dicir que ela non botaba a sesta vestida, ou a botaba espida, ou que non a botaba de ningunha maneira, pero non lle dei polo pau e non lle formulei a pregunta. Limiteime a soltar un bufido e dicirlle:

—Ala, boas noites.

—Boas noites? Se aínda é pola tarde.

—Tanto ten. Sempre me equivoco ando estou canso e quero durmir.

—Non importa. Gústame a túa maneira de dar as boas noites.

Cortei a comunicación. Veume á cabeza o recordo daquel xogo que levaba a súa amiga coa *webcam* na casa de Nines. Quentar o «*pringao*». Porque non podía crer que Carla quedase colgada de min, que me considerase un semental desexable, protagonista de fantasías eróticas e obxecto de desexos inconfesables. Quizais é que son demasiado modesto.

Fixen un esforzo por esquecerme dela e recuperar o fío dos pensamentos. Omar, Alí, Faruq... Como ía?

Omar roubando na tenda de Gironés. Por que? Non por catro cadelas, non por unha miseria. Porque Omar sabía que Gironés tiña obxectos de valor na súa tenda. Non fora un roubo por vinganza, ou non só por vinganza. Omar buscaba algunha cousa moi substanciosa que

Gironés ocultaba no seu comercio e, ademais, sabía que se lle roubaba, o outro non podía denuncialo sen comprometerse el mesmo na súa condición de perista.

De modo que Omar, coa axuda de Alí, leva a cabo o roubo, mais alguén os oe e avisa a garda urbana, e os ladróns teñen que saír a fume de carozo; e acto seguido Omar dáse de conta de que perdeu un documento que o incrimina no lugar dos feitos, e ten que agacharse...

Nada máis acabo de formular esta posibilidade, decátome de que non a creo, que é incrible e inverosímil, que é mentira, que nunca a crin. Non só pola pouca convicción con que Alí confesou que perpetrara o roubo. É que, ademais (e agora véxoo tan claro como a luz do día), Alí era incapaz de facer o traballo que se supuña que fixera. Era o rapaz máis zoupón que coñecera na miña vida. Non era quen de dar dous pasos sen tropezar. Recordeino tratando de gabear por aquel noiro, cando fuxiamos do inglés enfurecido, e volvín ver como caía e ía a rolos polo chan. E non unha vez nin dúas. Quen confiaría nel para levar a cabo un roubo con aquel sistema?

E, en cambio, vía, vía claramente, víao coma se o tivese ante os meus ollos, vía a Rashid subindo e baixando por aquela morea de cascallo e lixo, e contándome polo miúdo como se producira o roubo ao súper.

Por que me contara Rashid todo aquilo?

A historia do roubo e por onde gabeara o ladrón... Por que mo contara, por que a min, se non me coñecía de nada? Porque eu preguntara por Alí? Era motivo abondo? Ou era que llelo contaba a todos cantos quixeran oílo?

Claro: contáballo a todo o mundo co obxectivo de espallar a mentira. Contáballe a todo o mundo que os ladróns eran Alí e o seu pai, porque, en realidade, o roubo perpetrárano el, Rashid, e mais o seu pai! Rashid, que era coma un esquío, áxil e miúdo, gabeando ata o fachinelo, e entrando na casa para franquearlle o paso ao seu pai (como se chamaba?, ah, si, Karim), e seguramente tamén ao inseparable Faruq, que en paz descanse.

Os autores do roubo do súper do señor Gironés foran Rashid, Karim e Faruq. E, con toda probabilidade, levaran a mercancía roubada que gardaba Gironés, que non podía denuncialo sen denunciarse a si mesmo. E, de súpeto, Faruq estaba morto.

Non obstante, dando marcha atrás batía cunha contradición. Quen sabía que Gironés era un perista e que podía ter cousas de valor agachadas na súa casa era Omar. Non Karim nin Faruq. Foran coa esperanza de levar catro billetes e atopáranse por sorpresa co tesouro de Alí Babá?

E aínda quedaban máis preguntas. Aquilo era peor ca un maratón de Trivial.

A primeira: Se os ladróns foran Faruq e compañía... por que a garda urbana topara o carné da Seguridade Social de Omar?

De súpeto, tiven un flash:

Faruq e Karim cometen aquel roubo estúpido, nun lugar onde pensan que non podían atopar ningunha fortuna, coa intención de implicar a Omar. Por que? Porque o odian, porque teñen algunha conta pendente (podería ser: Rashid falárame mal de Omar e de Alí). Aproveitan a circunstancia de que a semana anterior Omar discutira co tendeiro. Róubanlle, polo procedemento que sexa, un documento persoal e déixano no lugar como proba inculpatoria. E Omar, inocente, buscado pola policía, ten que agacharse e, para vingarse, asasina a Faruq.

Non estaba mal.

Pero...

A miña capacidade de concentración ten un límite. Nalgún momento, o curso dos meus pensamentos deu unha volta e volveu inevitablemente a Nines.

Sentíame só. Había anos que non me sentía tan só, pechado no meu cuarto e mirando ao teito.

Mais non quería chamala. Pensaba que agora lle tocaba a ela.

O sol xa se estaba ocultando e os raios caían perpendicularmente na persiana da ventá, enchéndome o cuarto dunha calor de forno, densa, irrespirable, cando me volveu a sobresaltar o timbre do móbil.

Ao incorporarme, reparei en que tiña o lombo enchoupado de suor.

Era Charche. El tamén bisbaba, coma Carla, mais no seu caso era por outros motivos.

Medo.

—Flanagan!

—Charche! –Pobre Charche. Esquecérame del. Supoño que pensaba que, coa súa altura e musculatura, era capaz de librarse el só de calquera problema–. Como estás? Onde estás?

—Contra, Flanagan. Vaia movida! Que mal lerio! Veu a policía, sábelo? Supoño que a avisaches ti, pero eu non fixen o do móbil para non gastar batería. O caso é que se presentaron. Un coche con distintivos, oíches?, e con luces azuis e todo. Hostia, Flanagan, cheguei a pensar que sacarían megáfonos e berrarían aquilo de: «Estades rodeados! Saíde cos brazos en alto!» Pero non. Quique Antón viunos chegar e sacou a navalla, Flanagan, e ameazoume. Dixo: «Andando!», e obrigoume a fuxir polas azoteas, que polo visto xa o tiña preparado. Saltamos de azotea en azotea ata chegar a unha que tiña a porta da escaleira

138

aberta e baixamos á rúa... Que susto, Flanagan! E agora levoume ao cine.

—Que te levou ao cine? E que película botan?

—Non, non! A un cine abandonado, Flanagan! E tenme aquí prisioneiro, encerrado nun cuarto. E que lle dea o anel, que lle dea o anel...

—Pois dálle o anel, Charche, non sexas parvo! Por que non llo dás dunha vez?

—Porque non podo! É o que quería dicirche onte...

—Por que non podes?

—Porque o traguei!

—Queeee?

—Si! A noite do sábado, cando vin que Quique rompera o escaparate da xoiería, e viña a poli, pensei que nos rexistrarían, e encontrarían o anel de Vanesa e pensarían que o acababa de roubar do escaparate da xoiería. Entón, tragueino. Agora Quique sábeo e está esperando a que o cague...!

—Onde está agora Quique Antón?

—Saíu a facer unha chamada. Non sabe que teño o móbil. Se o sabe, mátame! Lévoo sempre desconectado para que non soe, se me chama alguén...

—Poderías poñelo para que non soe, que só vibre.

—É que o agacho nos calzóns, Flanagan, e se se pon a vibrar de súpeto, vaime facer cóxegas, e se noto coxegas aí, vaia, non sei. Ademais, non quero que se lle acabe a batería. Que fago, Flanagan? Que fago? Estou pechado nun cuarto que non ten fiestra! E intentei rebentar a porta pero manquei un ombreiro, e agora teño un negrón de medo...

Non se me ocorría nada. Un cine abandonado. Seguro que non había tantos. Pero a policía xa me dixera que non podían dedicar nin tempo nin homes extra ao meu amigo Charche. E os seus pais non o botaban de menos? Pensarían que era un delincuente e que se estaba agachando, como Omar. Seguro que a policía se presentara no domicilio familiar interesándose polo propietario do buga estampado contra a xoiería.

Continuaba Charche o seu monólogo aterrado:

—É que, sabes que, Flanagan?, que Quique Antón quere entrar nunha desas bandas novas que van de chulos polo barrio. Os Leóns Vermellos. E, para entrar, pídenche que pases unhas probas. E a el puxéronlle, como proba, que pague a súa entrada cun diamante. Por iso utilizou o meu coche para atracar a xoiería Marelsa e por iso está obsesionado agora con que lle dea o anel de Vanesa...

—Ben, antes ou despois, expulsaralo, home.

—É que non dou, Flanagan. Supoño que é polo medo. Teño o cu coma un chícharo de raposo e non dou cagado! Por favor, Flanagan, que fago!

—Mira, Charche, dille a Quique Antón que queres colaborar, que queres darlle o anel. Pídelle que te deixe ir mercar un laxante. Se che ve a boa fe, poida que cho permita, e ti poderás aproveitar para fuxir.

—E se non podo fuxir?

—Se non podes fuxir, Charcheneguer, meu amigo, procura que sexa el quen tome o laxante! Daquela, teralo nas túas mans.

—Contra, si! Que boa idea, Flanagan!

—Daralo feito?

—Pois claro que si, Flanagan! Magnífico, Flanagan! Vouno facer así. Grazas, Flanagan, moitas grazas. Hostia, esta vez si que o consigo. Déboche unha, eh? Lémbrame que che debo unha.

Aquilo levantoume un pouco a espiñela. Gústame facer feliz á xente.

140

3

Por fin, fíxose de día e saltei da cama coa enerxía de Supermán cando saía da cabina telefónica. Era coma se me desatara despois de pasar varios días sen poder moverme, era como o recluso que ve que se lle abren as portas da celda e pode correr cara á liberdade.

É que era día laborable, por fin, e abrirían as tendas, e unha destas tendas que volverían á rutina cotiá sería precisamente a xoiería-reloxería Gallardo do Poble Sec. Pensaba visitala.

Non sabía a que hora abrían, pero dábame igual, non me importaba esperar un pouco pola rúa, lonxe do meu cuarto, ao aire libre e facendo labores de detective, de espía, de armadanzas, que é o que me vai, o que me distrae de todo tipo de angustias, obsesións, paranoias, sospeitas e dores de cabeza.

Saía cruzando o bar cando me detivo o meu pai.

—Eh, onde vas?

—A pasalo ben. A gozar un pouco das vacacións, papá.

—Pois non marches sen levar esta carta que che acaba de chegar. Moitas cartas recibes, ultimamente.

E non era normal que me escribisen tanto. A santo de que.

Non sei por que, mais cheireino. Eu nunca recibira correspondencia convencional, da que reparte o Servizo de Correos. Antes, porque era pequeno, e agora, porque o correo electrónico se converteu no rei das comunicacións.

—Unha carta?

Collín o sobre case coa punta dos dedos. Un sobre moi parecido ao que recibira o luns. Sen remitente. As cartas que non levan remite son anónimos.

Igual, igual cá anterior. Unha folla branca, unha mensaxe de quince liñas en letra Times New Roman de corpo 14.

Unha puñada no estómago.

Era moito máis groseiro e nauseabundo có anterior. Este xa rozaba a pornografía. Falaba de Nines, de partes moi íntimas do corpo de Nines. Quen escribía era un home, e defendía que Nines era súa, que «xa a fixera súa» e, como proba, describía aquilo que non coñecería se a afirmación non fose certa. Un defecto mínimo, moi común, ao que fixen referencia no meu diario íntimo[4]. Aquel anónimo noxento era coma un tratado de anatomía noxento, coma una conversa de bar entre túzaros, e quen escribía coñecía detalles que só Nines e quen ela quixese podían saber. Non precisarei máis porque este asunto me violenta moito.

E se me violenta agora, ao lembralo, podedes imaxinar como me debeu de violentar naquel intre en que a verdade caía sobre a miña caluga coma unha folla de guillotina. Á fin e ao cabo, o anónimo anterior podía ser pura fanfurriñada (e mesmo así xa me puxera a cen). Pero este xa se parecía máis a unha acusación con probas. O primeiro podía atribuílo, por exemplo, a Carla, nun intento babeco de separarme de Nines, quítate ti para pórme eu, como dicía o outro.

—Que che pasa, Xanzolas? –vin ao meu pai sinceramente alarmado.

—Nada, nada.

—Si, si. Estás moi pálido. Almorzaches?

—Non teño fame.

—Estás mal?

---

4. Volvo referirme ao meu tratado de sexoloxía, *O libro vermello de Flanagan*.

—Non, non. Que non.

Era mentira. Si que me atopaba mal. Moito.

Marchei lonxe, lonxe da casa, para que ninguén me vise mentres desafogaba a miña rabia.

4

Metro ata a estación do Poble Sec.

Internet indicárame que a xoiería-reloxería Gallardo estaba na rúa Margarit, moi preto do Paralelo. A xoiería e o Poble Sec soábanme a termos contraditorios, e casalos era imposible. O Poble Sec é un barrio popular, onde non se me ocorrería nunca buscar unha xoiería, pero, en fin, supuña que, se no meu barrio había unha xoiería Marelsa (Marabillas Elegantes S. A.), por que non podía haber alí unha xoiería Gallardo?

Despois da lectura do anónimo, podería dedicar o resto do día a ouvear coma un lobo, a rachar as vestiduras ou a gabear a varanda dunha ponte e esixirlle ao psicólogo da policía, entre urros desesperados, que me levasen a Nines ou me guindaba ao abismo. Ou podería converterme en *serial killer*, ou podería volverme cataléptico, ou autista, ou anoréxico, ou bulímico. Pero os detectives privados non facemos esas cousas. Para fuxir dos nosos cataclismos sentimentais, os detectives privados entregámonos á nosa profesión en corpo e alma e imos espreitar nas miserias dos demais para facernos a ilusión de que as nosas non son tan graves, despois de todo. Por iso supoño que moitos dos detectives das novelas e do cine son individuos solitarios e misántropos, incapaces de vivir en parella, cínicos inadaptados que falan do mundo que os rodea cun profundo desprezo. Supoño que, nalgún momento determinado das súas vidas, todos recibiron un anónimo no que se desvelaban os segredos ocultos baixo a roupa interior da súa moza.

Así era o Flanagan que chegou aquela mañá á xoiería-reloxería Gallardo do Poble Sec. «Merco ouro e xoias.»

Estaba desexando que alguén me puxese a proba (que permitise que o seu can fixese as necesidades preto de min, por exemplo) para organizar unha liorta de puñadas e patadas aos xenitais. Iso permitiría que as ansias destrutivas se inchasen coma un globo e desprazasen tanto as queixas provocadas polo anónimo como polas elucubracións sobre Omar, Alí e Faruq, que en paz descanse.

Tivo que pasar un cuarto de hora longo antes de que un home maior, delgado, de pelo branco e con cara de aborrecemento mortal abrise a tenda con movementos lentos e desaxeitados. Aínda non acabara de sacar a chave do candeado, cando chegou unha rapaza lanzal e moi morena, de trazos indios, que facían pensar en países do estilo do Perú ou Colombia. A súa actitude modesta e submisa, de mans unidas no ventre e a canga baixa, contrastaba coa xesticulación ampulosa, autoritaria e groseira do home, que lle empezou a dar ordes nada máis vela. Entra, varre, arranxa o escaparate, pon o mandilón...

Eu non sabía que facer. Non tiña ningún plan previsto. E, cando me propuña elaborar un, fixeime na mancha de sangue que había na calzada e bloqueóuseme a imaxinación. Ou talvez xa a levaba bloqueada dende antes, non sei. Digamos que non estaba moi inspirado, que non era o meu mellor día, que se cadra tiña que quedar na cama chorando e patexando en vez de ir meterme onde non me chamaban.

Entón, vino.

Aquel home con peiteado de neno, aquela perrera e aquel remuíño no curuto, o home con cara de molete de pan fagocitando o nariz e a boca minúsculas. Gironés, o propietario de ultramarinos Gironés do Poble Vell, a vítima daquel extraño roubo presuntamente perpetrado por Faruq, Karim e Rashid. O que, segundo Alí, sacaba un sobresoldo traficando con mercadoría roubada.

Que facía alí?

Como era de esperar, entrou na xoiería-reloxería Gallardo. A través dos cristais do escaparate vin como se dirixía ao xoieiro. Non se me escapou o aceno atemorizado deste cara ao interior da tenda, a rapidez coa que lle fixo unha indicación á peruana para que fose buscar algo ao almacén, máis alá dunha porta interior, coa intención evidente e conseguida de quedar a soas co visitante.

O vendedor de xoias e o vendedor de comestibles non tiñan nada que dicirse. Xa o dixeran todo (probablemente por teléfono). O xoieiro buscou nun caixón, baixo o mostrador, sacou un sobre blanco e entregoullo a Gironés, que o meteu no interior da chaqueta con xesto de prestidixitador. A man máis rápida cá vista. Non houbo sorrisos nin apertas de mans. Un movemento de cabeza como saúdo e final da escena. Eu arredeime da tenda como o faría un peón calquera e Gironés saíu e foi en dirección contraria, cara ao Paralelo.

Quedei plantado na esquina, coma un estafermo. A continuación, almorcei nun bar cercano, paseei arriba e abaixo, dei un par de voltas á mazá esperando que o santo patrón dos detectives me iluminase. Teño que confesar que, se baixaba a garda, enchíaseme a cabeza con pantasmas relativas ao anónimo, e coa pregunta: «quen pode ser?» e a tentación de plantar toda aquela investigación para dedicarme unicamente a desenmascarar ao cabrón e aplicarlle o correctivo que merecía.

Non é que non tivese sospeitosos, claro. Carla continuaba no primeiro lugar da lista. Pero, pese a que era factible e a que eu ignoraba ata qué grao se contaban segundo que intimidades as rapazas, no fondo do redactado de todas aquelas groserías adiviñaba a man dun home, os celos dun home, a rabia dun home. E, o peor de todo, dun home que coñecía intimamente a Nines. Que a coñecera intimamente despois ca min.

Hilario?

De súpeto, sentíame capaz de darlle unha malleira con éxito a Hilario, aínda que me sacase un palmo de altura e vinte quilos de peso. Aínda que non estivese completamente seguro de que el fose o culpable.

Por sorte, antes de que o proceso dos meus pensamentos e as miñas emocións me impulsase a buscar unha armería onde mercar un fusil de cazar elefantes, abriuse a porta da xoiería.

Nada como un pouco de acción para afastar pantasmas e velenos da alma. Inesperadamente, a suposta peruana saía da xoiería e camiñaba rúa arriba, afastándose da transitada avenida do Paralelo e penetrando naquel barrio de rúas estreitas, casas escalazadas e roupa pendurada nos balcóns. Non levaba posto o mandilón de traballo, senón a roupa modesta e colorida coa que chegara á tenda, e da súa man, axustada ao pulso, colgaba unha carteira negra.

Fun atrás dela.

Detective zoupón e abafado por problemas persoais que cruza a rúa sen mirar e provoca a freada e o berro dun taxista, «Animal!», e atrae dese xeito a mirada do seu obxectivo. Entón, en vez de parar e mirar para outra parte asubiando distraído, o voso

146

detective apura o paso sen apartar a vista do obxectivo e o obxectivo pensa: «Este vén por min», e tamén apura o paso.

E o voso detective preferido (nun dos seus peores momentos) tamén acelera a marcha, e achégase demasiado ao seu obxectivo, e o obxectivo xa o ve enriba e converte o paso rápido en carreira descarada. E o peor detective do mundo, instintivamente e presa do pánico, bota tamén a correr e berra: «Para, espera!», e aquilo xa é unha declaración aberta de persecución, e a rapaza converte a carreira nunha competición dos cen metros lisos.

Eu tamén corría a toda a velocidade que me permitían as miñas pernas, grandes e longas alancadas, curtas e moito máis rápidas as súas...

—Para! Eh! Deixa a carreira!

E un langrán que estaba alí sen facer nada, que se cadra ao camareiro se lle fora a man co coñac ao prepararlle o café con gotas da mañá, apoderouse de súpeto do meu berro corrixido e aumentado:

—A carteira? Eh, a carteira!

... E bota a correr a par miña e expresa opinións indignadas e indignantes contra aqueles que el chama «sudacas de merda».

Foi o efecto dunha bóla de neve. Para certas mentalidades limitadas e obtusas un barcelonés branco e novo coma min correndo atrás dunha rapaza con aspecto de india suramericana só se pode interpretar dunha maneira. Roubo, tirón. E xa eramos tres, ou catro, ou cinco, os que corriamos rúa arriba, e había un, máis borracho cós outros, que proclamaba o slogan: «Detédea, detédea, a carteira, a carteira.» E eu non podía determe para aclarar as cousas porque non podía permitir que a rapaza escapara.

147

Xa estabamos cara ao final da rúa cando un coche de policía se materializou saíndo dunha esquina. E cravaron o freo ao ver a fuxitiva e a xauría que a perseguía.

Os berros dos langráns fixéronse máis agudos.

—A carteira, a carteira! Detédea! A carteira!

Ao ver o coche Z, a fuxitiva freou en seco a súa carreira, como o faría unha persoa culpable de verdade, e virouse bruscamente cara a min, cara a nós, cara á banda de linchadores que a perseguía. Vin a desesperación naqueles ollos grandes, negros e brillantes, e souben que non era só a empregada dunha xoiería que pensaba que pretendían roubarlle. Naquela expresión había algo máis, un medo moito máis fondo.

E velaí que, de súpeto e por sorpresa, se cadra porque a lei da probabilidade esixía que, despois de tantas ideas penosas me viñera unha boa, o meu cerebro foi capaz de reaccionar. E estico os brazos cara a diante e ilumino o rostro cunha gargallada entusiasta, cálida e rexoubeira:

—Palmeira! –Non sei, atribuínlle o primeiro nome que me pasou pola cabeza que rimaba con carteira–. Non me fagas correr máis, Palmeira! –Abraceina como abrazaría a miña irmá, despois de seis anos de ausencia–. Xa sei que corres máis ca min! Palmeira! Que alegría verte, Palmeiriña!

Ao meu redor, os aspirantes a linchadores miraban para min pampos e decepcionados:

—Palmeira?

—Como que Palmeira?

—Non dicías carteira?

E eu:

—Carteira? Non, non, Palmeira!

A rapaza agarrábase moi forte, moi forte a min, e eu notaba o tremor do seu corpo mentres me dicía ao oído:

—Non me mates, non me mates! Non vou dicir nada! Eu non dixen nada! Eu non fixen nada! Por favor, non me mates!

Os policías mirábanos dende o coche, os cidadáns sedentos de sangue estaban a menos dun metro.

Púxenlle as mans nas meixelas e biqueina nos beizos para facela calar.

—Palmeira! –dixen, coma levado por un rauto de paixón.

Un bico de rosca prolongado resulta ideal para afuxentar as miradas dos indiscretos e os intrusos máis inoportunos e insistentes. Recoméndovolo. Mesmo o coche Z continuou a súa marcha e desapareceu para sempre do noso horizonte.

Separeime da rapaza e díxenlle no ton máis tranquilizador que puiden:

—Non te veño matar. Non teñas medo, véñote protexer –Improvisando–: mándame a policía. En casos de extrema gravidade utilizan a axentes moi novos... Coma min, porque..., ouh.., para que os malos non sospeiten. Ven. Imos tomar un café.

Ela contemplábame coas meniñas dos ollos dilatadas, ríxida, como se estivese a punto de liberar o pranto ou un brado desgarrador.

—Ven, e cóntasmo todo.

—Non, non, non! –suplicou–. Non sei nada!

—Si sabes. E, se mo contas, poderei protexerte. Imos.

—Teño que ir a un recado... –Amosábame a carteira–. Ao banco. Levo moitos cartos.

—Acabaremos decontado. Non teñas medo. Comigo non che vai pasar nada.

149

Arrastreina a un bar, estreito e escuro. As mesas estaban ao fondo, ao lado dos lavabos, e aquela zona fedía a amoníaco, mais acomodámonos alí. Pedín unha laranxada para min e unha tila para ela.

Dicíame, espavorecida:

—No meu país, cortaríanme a lingua se soubesen que acepto falar contigo...

Pensei que se arrancaba eu e expuña todo o que sabía, ela tería máis confianza para revelarme os seus segredos. Ademais, expresar os meus pensamentos en voz alta serviríame tamén para aclarar as ideas.

Nalgún momento, ao longo da mañá, estivera analizando a visita de Faruq á xoiería-reloxería Gallardo. Nin a policía nin eu creramos que entrase a roubar cunha navalla que non aparecera por ningures. A única alternativa verosímil era que Faruq fose visitar voluntariamente aquela tenda e que, malia o seu aspecto patibulario, o xoieiro lle franqueara o paso. Iso unicamente se xustificaba se se coñecían ou se tiñan un negocio xuntos. E un negocio entre aquelas dúas persoas só podía consistir nun trapicheo delitivo.

A miña vantaxe sobre a policía era que eu sabía que Faruq cometera un roubo e eles non. Faruq, Karim e Rashid entraran na tenda de Gironés e roubaran algo. Unha cousa que se podía negociar nunha xoiería. Quizais se trataba de xoias. Poñamos que Gironés decidira pasar dos teléfonos móbiles e as tarxetas de crédito ás xoias valiosas. E que por iso xa non quería saber nada de Omar, e que esa foi a causa de que discutisen.

De maneira que lle dixen á peruana (ou o que fose):

—Escóitame ben, Palmeira: o día da verbena de San Xoán, pola tarde, aquel árabe veu venderlle unha xoia ao señor Gallardo, non si?

A rapaza afirmaba coa cabeza, consciente de que as indiscreccións son sempre perigosas.

—O señor Gallardo adoita mercar xoias roubadas?

—Non se chama Gallardo. O señor Gallardo é o seu sogro...

—Dá igual, Palmeira. O que a min me interesa...

—E eu non me chamo Palmeira –contestou–. Por que me chamas Palmeira?

—Non te preocupes por eses detalles.

—É que, no meu país, se contestase á túa pregunta, cortaríanme a cabeza.

—Tranquila, que non estamos no teu país. Adoita mercar xoias roubadas, o señor Gallardo?

—Si. –Paréntese de persoa consciente de que se está entregando á morte–: Ouh, Señor. –E afirmación–: Si.

—É un perista.

—... Pero non se chama Gallardo.

—E aquel árabe, Faruq, íalle vender unha xoia roubada.

—Unha xoia. Roubada. Si.

Foi o escintilar das súas meniñas o que me deu a pista. Si, Palmeira viu unha xoia roubada. E agora decatábame de que aquilo era o que lle entregara había un cacho o señor Gallardo ao señor Gironés metido nun sobre. A xoia. Que non debía ser unha xoia calquera. Era unha xoia que unha rapaza que adoitaba ler revistas desas do corazón nun salón de peiteado podía recoñecer sen dubidalo. Unha xoia que ningún perista con algo de siso se atrevería a mercar.

—E ti recoñeciches aquela xoia.

—É que no meu país...

—Mira, xa che cortaron a lingua e despois a cabeza. Máis mal non che poden facer. Ademais, no teu país, non saben quen son eu, nin quen é o señor Gallardo. E agora, por favor, ti recoñeciches aquela xoia, non si?

—Recoñecíín.

—Era unha xoia... –Pausa. Non me atrevía. Había moitas posibilidades, claro, pero aquela tíñaa na punta da lingua e as outras, non–. Era unha xoia Almirall?

Sen dubidalo:

—Era.

Non entrou ninguén no bar para cortarlle a cabeza, nin a lingua, nin nada.

Eu asubiaría da impresión, mais puxen cara de póquer como se xa coñecese a resposta dende había moito tempo. Ás veces, cando fas descubrimentos dese tipo, experimentas unha sensación así. Como se soubeses as cousas por ciencia infusa e, ao poñelas en palabras, só existise a sorpresa de constatar o que xa sabías. Non asubiei. Só apertei a man da rapaza como para convencela: «Ves como podes confiar en min, que o sei todo?» E continuei:

—Faruq veu venderlle a xoia ao señor Gallardo. Ti víchela...

—Non. Eu vina despois. De feito... A min xa me estrañou ver aquel árabe farrapento na tenda. Temín que pretendese roubar. E decateime de que o señor Martínez estaba moi nervioso...

—Quen?

—O señor Gallardo, como lle chamas ti...

—Pois chámalle Gallardo.

—É que se chama Martínez.

—Non me enlees, Palmeira.

—É que no meu país...

—Vai ao choio. O caso é que o señor Gallardo estaba nervioso.

—Estaba nervioso, e vin que corría cara á rebotica para chamar por teléfono. Pensei que chamaba á policía...

—Pero non podía chamar a policía, claro –dixen–. Chamaba ao señor Gironés.

—Si.

Naquel momento, todo parecía claro e diáfano. Faruq, Karim e Rashid dicían saber que Gironés era un comprador de obxectos roubados. Supuñan que na súa tenda de aspecto inocente e decrépito podían atopar marabillas. Por que o sabían? Pois porque llelo dixera Omar. Omar vendía alí os produtos dos roubos da banda do soar da carraca; os móbiles, os reloxos, os aneis, as axendas Palm, as tarxetas de crédito... Ata que Gironés dixo xa está ben, porque ascendera de categoría; agora tiña alí agachadas as xoias Almirall e non quería expoñerse a que a súa relación con Omar lle provocase problemas e perigos innecesarios. Karim e Faruq entraron coa axuda do pequeño Rashid e atopáronse co tesouro Almirall. Quizais non sabían nin sequera exactamente que era aquilo, seguramente eles non eran consumidores de prensa do corazón. Para eles, só se trataba dunha morea de xoias de ouro, platino e pedras preciosas. E leváronno. E para encerellalo todo un pouco máis, deixaron alí un documento da Seguridade Social que comprometía a Omar. Unha mensaxe dirixida máis a Gironés cá policía; se o tendeiro buscaba vinganza, ou recuperar as xoias, buscaría a Omar. Porque sabían que Gironés non podía avisar a policía sen comprometerse. Mais, á hora da verdade, os veciños avisaron á policía e a policía tamén interviñera. E así foi como Gironés tivo que dicir que non, que non lle fixeran mal, malia estar un tempo inconsciente (razón pola cal non vira nin puidera agachar o documento da Seguridade Social de Omar), e que non, que non lle roubaran nada de valor.

Dúas máis dúas son catro, catro máis dúas seis, e o resultado era o nome do cliente de Oriol Lahoz. Gironés non podía reclamar á policía, de maneira que contratou un detective privado para que atopase aos ladróns, e o detective privado contratoume a min.

Entrementres, Faruq vendeulle unha das xoias a un perista que alguén debeu de recomendarlle e que, para a súa desgraza, era un perista que coñecía a outros peristas e que sabía que Gironés tiña en depósito as xoias Almirall. Non sabía se atribuírlo á casualidade. Se cadra, ao pobre Faruq lle pasaría o mesmo de recorrer a calquera outro dos peristas da cidade. Unha rede de peristas conchabados entre eles, cómplices, talvez especializados, uns nunhas cousas e outros noutras. Todos debían estar informados de quen era o que encargara o roubo das xoias Almirall (en fin, só eran suposicións).

Ao verse cunha xoia Almirall nas mans, o señor Gallardo soubo que non podía aceptala de ningunha maneira: sabía que non podía colocala e que só lle crearía problemas. E chamou ao seu colega e díxolle:

—Aquí teño un dos que che roubaron as xoias, Gironés. Que fago?

—Entretelo –dixo Gironés.

Aventureille a Palmeira que se cadra o señor Gallardo entretivera ao magrebí con algunha escusa, e ela confirmábamo. Si, o señor Gironés dixéralle ao magrebí que tiña que taxar a xoia e que tardaría un pouco. E díxolle a Palmeira que quedase na tenda termando de que o árabe non escapase. Ela tiña moito medo. O señor Gallardo tamén tiña moito medo. E pasou o tempo.

Palmeira fixouse na moto que chegou e se detivo diante da tenda. Daquela, o señor Gallardo saíu e díxolle:

—Que vén a policía! Esta xoia é roubada!

Ao árabe faltoulle tempo para levantarse dun chimpo e saír á rúa. O home que ía de paquete na moto levaba unha pistola na man e disparou dúas veces, e Faruq caeu morto e a moto afastouse rúa arriba, con grande estrondo e a moita velocidade.

O señor Gallardo agarrou a Palmeira polo brazo e abaneouna e ameazouna:

—Non lle digas nada disto a ninguén, quédache claro? Pensa que mataron o mouro! Se saben que lle contaches á policía ou a quen sexa o que ocorreu aquí, tamén te matan!

Por iso estaba convencida de que, cando a seguía, facíao coa intención de matala. No seu país caían linguas e as cabezas rolaban por moito menos.

De momento, para ela aquilo non tivera ningún sentido. Entendeuno cando, máis tarde, sorprendeu ao señor Gallardo contemplando extasiado a xoia, un brinco. Era, sen dúbida ningunha, unha das xoias Almirall.

Falara máis eu ca ela, pero parecía ela a que quedara sen folgos.

—Por favor, o señor Gallardo non tivo nada que ver co roubo das xoias, iso asegúrocho. Pero se sabe que che contei todo isto, mátame! Aínda que non esteamos no meu país. Ao mellor non me corta a lingua, nin a cabeza, pero matar mátame. Xa viu o que fixeron co árabe.

—Tranquila –díxenlle–. Gardareiche o segredo. Non te preocupes. Ata que non estea seguro de que

non che vai pasar nada, non lle contarei isto a nin-
guén.

—Pero ti non es policía?

—Ben, non, só axudo ás veces á policía. E, de todo
isto, non lles direi nin unha palabra.

Ela choraba agradecida.

Cando eu saía, chamoume e miroume en fite, cos
ollos cheos de bágoas:

—Pero o señor Martínez non se chama Gallardo,
oíches?

—De acordo –díxenlle.

—E eu non me chamo Palmeira –saloucou, como
se a atristurase non chamarse Palmeira.

—Non te preocupes. Eu tampouco me chamo Fla-
nagan.

—Ai, non?

Capítulo 7

1

U N éxito.

Permitídeme que, inmodestamente, considere esta cadea de descubrimentos coma un éxito persoal clamoroso. Un triunfo desta categoría fai que o detective volva ao seu barrio un pouco máis optimista do que saíu, máis inspirado e con enerxías multiplicadas, e provoca que teña aínda ideas máis brillantes. Xa vía claro o que podía e o que tiña que facer.

Polo camiño, antes de entrar no metro (onde non había cobertura), utilicei o móbil.

—Nines? –(Ai, un suspiro involuntario).

—Si?

—Flanagan.

—Si, si, xa te coñecín –sen entusiasmo. Cunha especie de impaciencia. Estaría incomodada?

—Necestítote.

—Si, xa o sei. –Que frialdade.

—Non, non. Non quero dicir sentimentalmente. Fáloche do meu traballo. Necesito que me botes unha man. Que te vistas moi elegante, de ricacha. Como de elegante? Como para unha voda? A miña ou a doutra persoa?

—Non, non. Xa me entendes. Coma se foses pedir un crédito ao banco.

—Ben.

—Ah. E... oíches... ese amigo teu, Hilario, non podería acompañarte no Grand Cherokee? Que se vista con traxe e gravata, se é posible. E os dous con lentes escuros, é moito pedir?

—Si, supoño que si. Pero...

—Por favor, Nines...

—Ben.

—Nines –agora serio e tocándolle o corazón–. Sei que temos que falar. Que pasan cousas raras. Aproveitamos para vernos e para aclaralo todo, vale?

Coñezo a Nines. Sabía que aceptaría.

—Vale. Onde?

—Na miña casa, despois de xantar. Se hai un cambio de plans, xa te aviso.

Ao saír do metro, no meu barrio, comprei aquela revista do corazón que falaba do roubo das xoias Almirall, e fun a andar ata o Casco Vello, máis alá da igrexa, máis alá do cemiterio, ata a praza de Sant Columbano, mal coñecida como a praza dos mouros.

Paseei un anaco por alí antes de recoñecer a alguén.

Un dos rapaces que o sábado anterior estaban xogando ao baloncesto con Rashid. Era o alto e delgado, o imprudente que mencionara a granxa de Corbera onde estaba Aisha.

—Oes, ti! Agarda!

Encolleuse por reflexo, coma se fose recibir un cantazo. Volveuse cara a min levantando o brazo para protexerse dunha eventual labazada. Recoñeceume. Eu era o ladrón de bolsos ao que Rashid lle ripara douscentos euros. Fixo un aceno de desconfianza.

Achegueime moito para falarlle en voz baixa. Tan baixa, que as miñas palabras parecían unha confesión ou unha ameaza.

—Estou buscando a Rashid.

—Non está aquí. Marchou do barrio, co seu pai.

Xa imaxinaba que Karim e Rashid os asustara. A Gironés non lle resultaría nada difícil identificar a Faruq, ladrón tiroteado, co magrebí que sempre acompañaba a Karim, e deducira que eran eles, e non Omar, os ladróns do tesouro Almirall. Agora, tería interese en eliminalos porque, se a policía atopaba as xoias, preguntaríalles: «De onde as sacastes?» E eles dirían, naturalmente: «Da tenda de Gironés.» Ese era o motivo de que liquidase a Faruq, e previsiblemente, os asasinos non se conformarían só con silencialo a el.

Mirei á dereita e á esquerda, a furto. Collín o neno do brazo.

—Mira. Sei que están metidos nunha boa e que necesitan cartos. E sei que teñen unha colección de xoias moi valiosas. –El quería dicir que non sabía nada, pero mandeino calar cun xesto. Amoseille a revista aberta pola páxina onde se falaba do tesouro Almirall–: Eu coñezo alguén que as quere mercar. Xente de moita pasta que hoxe mesmo daría unha millonada para quitarlle este marrón de enriba. E, co que saquen das xoias, Karim e Rashid poderán fuxir onde lles pete.

Anoteille o meu número de teléfono na mesma revista, ao lado das fotos do tesouro.

—Hoxe, á hora de comer, podedes atoparme neste número. Pódeslles falar de 500.000 euros, máis de oitenta millóns das antigas pesetas. Ti sabes quen son eu, non si? –Esperaba que lle dixera: «Un ladrón de bolsos», mais non o fixo. Limitouse a pestanexar. Se cadra o pensaba–. Sabes que son de confianza.

Asentiu coa cabeza, inexpresivo.

Aínda quixen convencelo máis.

—Mira: non fai falta que veña Karim. Se queredes, abonda con que veña Rashid. A el non o poden meter no trullo, verdade?

O rapaz non me deu ningunha resposta concreta, pero eu sabía que non ma daría. Tería que conformarme cun movemento de cellas e un cabezazo que apenas significaba «farei o que poida».

Dei media volta e afasteime coa présa dos que teñen moito que agachar e non están para responder a demasiadas preguntas. O Flanagan que se ía non era un ladrón de bolsos, como supuña o neno magrebí, mais tampouco se podía dicir que fose completamente honrado.

Na casa, o meu pai púxome a fregar pratos e a servir mesas e, entrementres, eu seguía dándolle voltas ao caso.

Supuxen que os ladróns da casa da actriz internacional atoparan o tesouro Almirall por pura casualidade, coma unha pataca quente nas mans. Recordaba que a revista dicía que levaran a caixa forte enteira para abrila noutro sitio. Ao atoparse en posesión daquelas xoias antigas souberon que non poderían venderllas a ninguén sen delatarse e, probablemente cedéranllas, a un prezo moito máis baixo, a aquel perista, Gironés, que debía telas gardadas na súa caixa esperando que o caso arrefriase para buscar algún comprador, seguramente algún coleccionista estranxeiro. Non era un botín doado de colocar. Entón, entran en escena uns ladróns que non teñen nada que ver e levan o tesouro. E son eles os que o enlean todo; se os deteñen, dirán onde atoparon as xoias, e a policía deterá a Gironés e preguntaralle quen lle vendeu aquel botín. Aquilo explicaba que Rashid tivese tanto interese en atribuírlle o roubo a Omar e Alí Hiyyara, e de proclamalo por todo o barrio, mesmo ao primeiro descoñecido que pasaba, coma min. Porque calquera descoñecido coma min podía ser un dos homes de Gironés, cunha pistola no bolso.

Parecía que con todos aqueles razoamentos xa se pechaba o círculo, pero a min dábame a sensación de que aínda quedaban moitos cabos soltos.

Rashid chamoume ao móbil mentres eu comía uns macarróns coa mirada fixa no televisor.

2

Esperábao.

Se todo fora como eu supuña, Rashid e o seu pai atopábanse nunha situación desesperada. Non podían ignorar a miña oferta. E non debían sospeitar que eu puidese entregarllos á policía porque estaban seguros de que eu era tan ladrón coma eles.

—Flanagan? Son Rashid.

—Faláronche da miña oferta?

De súpeto, unha voz rouca e crebada substituíu a de Rashid. O seu pai, Karim, apropiárase do auricular.

—Mira, rapaz comotechames. Se é unha trampa, morres.

—Vale.

—Se pasa calquera cousa inesperada, morres.

—Paréceme ben.

—Se aparece a policía, morres.

—De acordo.

—Métoche a navalla polo nariz e vou escaravellar ata que che chegue ao cerebro.

—Boa idea.

—Xogas a vida.

—Estupendo. Que máis?

—Falamos dun millón de euros.

161

—Eu falara de quinientos mil euros.

—Agora falamos dun millón.

Boas noticias. O que en realidade significaba aquela esixencia era que entraba no xogo.

—Mira: podiamos estar falando de mil millóns de euros. Ata que non vexamos que é o que vendedes, isto non ten sentido ningún. Quero que o vexan os meus amigos. Como o facemos?

Pausa. Supoño que Karim non se parara a pensar en como quería facelo.

—Quedamos nun sitio. E eu levareinos a onde están as xoias.

—Ben. Ten que ser esta mesma tarde. Os meus amigos e mais eu estaremos na montaña da Téxtil, a medio camiño, ao lado do taller do Lixivia. Sabes onde digo? Un Grand Cherokee, 4x4. Tres persoas.

—Non! –interrompeume a voz crebada–. As condicións póñoas eu.

—Ah. Moi ben. Pois ponas ti. Ti mandas.

Desconcerto. Moitas veces teño comprobado que a xente que reclama autoridade e privilexios perde o norte cando se lle conceden autoridade e privilexios.

—E logo que pensabas? –ruxía Karim–. A min ninguén me pon trampas!

—Vale –concedín.

—Ímolo facer ao noso xeito!

—Perfecto.

—De entrada, nada de coche, nada de 4x4!

—Ben... Como queiras. Eu suxería o Grand Cherokee para que vexades que se trata de xente de cartos. E, de paso, disporedes dun bo vehículo para fuxir, se as cousas se complican...

—Ah –oín que tragaba cuspe. Hectólitros de cuspe–. Ben... Punto segundo! Da Téxtil, nada!

—De acordo. Dime onde, logo.

—Pois...

Pausa longa, longa. Murmurios, un bufido enérxico para impor silencio.

—Eu –intervín modestamente– propuña que nos atopásemos na montaña da Téxtil porque é terreo aberto e elevado e podedes observar o lugar dende moitos puntos diferentes do barrio, cuns prismáticos, se vos queredes asegurar de que non hai nin un policía polos arredores. E, dende ese punto, pódese fuxir polas rúas do barrio, ou pola pista transversal cara aos Cintos de Ronda, ou polo curuto da montaña cara á outra ladeira. A policía non pode cubrir todos estes puntos ao mesmo tempo. Se escollemos ese lugar, non hai quen nos pare. Sobre todo, se contamos co Grand Cherokee.

—Ben –dixo a voz crebada.

Naquel momento, chegaban Nines e Hilario. Estaban facéndome notar a súa presenza dende a porta.

Estaban guapísimos. Ela con chaqueta e saia, camisa branca con gravata, algo masculina, e medias negras. El con traxe gris de alpaca e camisa verde co colo desabotoado. Ambos enmascarados con lentes negros. Mesmo a moita distancia podíase notar o cheiro a cartos que desprendían.

—En que quedamos? –dixen.

—Si. Como dis ti.

—Na Téxtil?

—Na Téxtil.

—Media montaña, ao lado do taller do Lixivia?

—Si.

—E co Grand Cherokee?

—Co Grand Cherokee.

—Ben, pois, se che parece, podemos quedar para dentro dun cuarto de hora, de acordo?

—Un cuarto de hora? Pero...

—Necesitas moita preparación? Tes que vestirte para a ocasión ou algo así?

—Non, non.

—Pois dentro dun cuarto de hora.

Saímos á rúa. Algún peón detíñase para contemplar o 4x4 e aos dous visitantes, e miraba ao redor buscando cámaras e fotos, pensando que se estaba rodando unha película.

—Vamos —ordenei.

—Pero, vas contarnos de que vai isto? —preguntou Nines, como advertindo que estaba poñendo a proba a súa paciencia.

O único que lles dixera para atraelos era que poderían ver a colección de xoias Almirall.

Indiqueille a Hilario por onde tiñamos que ir: primeiro cara á praza do Mercado e, dende alí, cruzando o centro do barrio, cara á montaña coroada por aquelas ruínas que foran a próspera fábrica téxtil.

Polo camiño, conteilles o meu plan. Era sinxelo e non precisei moito tempo para expoñelo. Escoitáronme con atención. Ou, como mínimo, sen apartar os ollos do parabrisas. Nines, moi seria, ausente. E eu maldicíndome por lle pedir que a acompañase Hilario e coa secreta e terrible sospeita de que ela se presentaría con aquel Charles Atlas aínda que eu non llo dixese. Mirándoos de esguello e pensando nos anónimos obscenos.

—Pero isto é perigoso —dixo Nines, moito máis sensata ca min.

—Quita de aí, Nines! Dous mouros esmirrados son perigosos? —ría Hilario, ou ben demasiado seguro de si mesmo, ou ben tan inconsciente coma min.

Hai tempo deseñáronse uns xardíns para a ladeira da montaña da Téxtil e quíxose converter aquela vella ruína nun museo, ou centro cívico, ou algo polo estilo. Pero cambiaron o alcalde, ou os concelleiros, ou o goberno do país, ou o que fose, e o proxecto foi pró carallo. A zona fórase deteriorando e, agora, coa escusa de que aquilo se estaba degradando ata parecer a duna dun deserto coroada polo castelo da bruxa, unha inmobiliaria estaba especulando para «dignificar a zona», o que, traducido á linguaxe dos cartos, significa facer negocio ampliando a cidade naquela dirección.

Contra a metade da ladeira, atópase a casiña onde vivira e tivera o seu taller un home que lle chamaban Lixivia porque fora lexionario e que, despois, resultou que traficaba con drogas. Ai! Tiña unha filla da miña idade que se chamaba Clara. Clara Longo. Ai![5] Ao Lixivia metérono no caldeiro e Clara marchou do barrio, e agora aquela construción escangallada era un estorbo máis nunha paisaxe desoladora.

Detivemos o Grand Cherokee ao lado do que foi o taller do Lixivia e esperamos. Chegaramos catro minutos antes da hora da cita e aproveitámolos para falar.

Eu que sei. Calquera cousa:

—Que tal a verbena, Flanagan? –preguntou Hilario con aquel sorriso retranqueiro que o caracterizaba.

—Traballando no bar. E vós? De farra en Sant Pau, non si?

—Si, farra... –replicou Nines. Parecía que me acusaba de algo–. Co desgusto que nos deu o *Amigo*...

—Que amigo?

—O veleeeeiro! –os dous a un tempo.

É que nunca me acordo de que o veleiro se chama *Amigo*.

---

5. A miña historia con Clara e co seu pai podédela ler en *Non pidas sardiñas fóra de temporada*.

Pausa. Só quedaban dous minutos de agonía. Dediqueime a xogar co móbil. Chamei á policía.

—E non viches a Carla? –preguntoume Nines cando colguei.

—Carla? Non.

—Non te chamou? –incrédula.

—Ah, si. Chamoume pola tarde. Vaia, chamoume pero non veu. Era só polo das fotos...

—O das fotos? –Nines parecía moi interesada. Pensaba, ou sabía, ou quería saber algunha cousa que se me escapaba.

—Si –dixen–. Que me fixo unhas fotos e queríamas amosar.

—Entón veu.

Que me estaba dicindo? Que non me cría?

—Non, non veu.

—Como che ensinou as fotos, se non veu?

—Non mas ensinou!

—Ti dixeches...

Estaba francamente agresiva. Corteina:

—Eu dixen que non mas ensinou.

—Non, ti dixeches...

—Que non vin esas fotos, hostia! –berrei. E quería preguntarlle que raio pasaba coas fotos e por que tiñamos que falar a berros cando oímos o ruído dun ciclomotor que se achegaba.

—Vos os dous! –dixo Hilario–. Xa está ben de discusións, que temos compaña.

Puxo a primeira marcha.

3

De súpeto, un ciclomotor conducido por Rashid adiantoume, envolto nunha nube de po amarelo. Non

166

sei como lle chegaba aos pedais nin como se atrevía a conducir aquel traste, á súa idade e vendo por un ollo só, e a tanta velocidade, mais alí o estaba, tan contento, facéndonos sinais para que o seguísemos.

O Grand Cherokee arrincou e situouse detrás da poeira amarela.

—Despois –dixen–, gustaríame falar desas fotos.

—Non –dixo Nines, belicosa e coa mirada turbia–. Non che gustaría falar das fotos.

—Ben. Ímolo deixar para despois.

Eu tiña que xogar un pouco máis co móbil.

O ciclomotor detívose ante unha pequena congregación de pradairos, anémicos e atacados por todo tipo de parasitos, que rodeaban a fonte do Avó, unha fonte de toda a vida, onde se fixeran romaxes nos anos vinte e que agora, naturalmente, estaba seca.

Era un bloque de cemento, que tivera elementos ornamentais debidamente saqueados por algúns dos meus veciños, xunto ao que se levantaba unha pequena construción, que antes estivera pechada por unha reixa e onde se gardaban as ferramentas para desatascar a fonte cando era preciso. Agora xa non había reixas nin ferramentas, a porta da caseta era escura e parecía a boca do inferno, a fonte estaba reseca e todo o lugar fedía aos mexos.

Rashid esperábanos moi sorrinte e confiado ao lado da moto. Con aquel ollo esquerdo medio pechado, tan escalofriante no rostro dun neno.

Cando Nines, Hilario e mais eu baixamos do 4x4, fixo a súa aparición cun árabe delgado, fibroso e coa cabeza rapada, en camiseta imperio. Recoñecino decontado. «Ab», chamáralle Rashid o primeiro día que nos coñecemos. «Pai». Sentín que se me encollía o corazón, malia que aquel home, cunha navalla na man, parecía perigoso.

167

—Eh! –berrou–. Traedes os cartos?

—Agarda un momento. Cando menos saibamos uns dos outros, mellor. A partir de agora, estes dous amigos chámanse Xosé e María. E ti chamaraste Pedro –sinalei a Rashid–, e ti Pablo –por Karim. E engadín, misterioso–: Porque ás veces hai micrófonos agachados. E, polo que respecta aos cartos, aínda non sabemos de que cantidade estamos falando.

—Nin sequera sabemos o que temos que mercar –interveu Hilario, moi no seu papel–. A ti paréceche que eu creo que tes as xoias Almirall? Roubáronas con métodos moi sofisticados, e eu diría que os aparellos máis sofisticados de que dispos ti son a navalla e a gramalleira. –Miroume, acusador–. De que vas, Flanagan? Onde nos trouxeches?

—Non me chames polo meu nome –protestei.

—Boh. Se ti non te chamas Flanagan...

Karim estábase poñendo nervioso porque non lle faciamos caso. Ao ver que Hilario iniciaba un discurso, quíxose impoñer e facerse notar dicindo: «Eh! Eh! Eh!», cada vez máis forte.

—Eh!

Hilario volveuse cara a el como se volven os xenerais ao último mono do rexemento.

—Que pasa con tanto «eh!»? Con quen cres que estas a falar?

Karim ensinou os dentes. Pero foi un xesto de debilidade.

—A ver se che cravo a navalla no nariz para que que che chegue ao cerebro!

O berro era tamén unha mostra de debilidade.

—Amodiño, meu rei, a ver se atopas ti a navalla no estómago –Hilario, impertérrito.

—Ponte quieto, Xosé! –interveu Nines.

168

—Vámonos –dixo Hilario, tomando a iniciativa–. Na vida viron as xoias esas. Estamos perdendo o tempo.

—Se tes as xoias –dei un paso á fronte–, queremos velas, Pablo.

Karim fixo un esforzo por relaxarse. Asentiu e retrocedeu cara a aquela especie de casoupa cuxo interior estaba escuro como boca de lobo.

Deume pena. Evidentemente, a súa actitude feroz era só unha máscara, e unha máscara barata e de mala calidade. Era un coitado, só e cun fillo pequeno ao seu cargo, que intentaba enfrontarse a un mundo todopoderoso que sempre o tratara inxustamente. Pensei que, nunha novela das que me gustan, sería o protagonista. O perdedor que se lanza a unha loita perdida de antemán. Quizais naquel momento aínda lle quedaban esperanzas. Sabía que tiña un tesouro e pensaba que Nines e Hilario o ambicionaban, e quería obter moitos cartos con aquela operación: necesitábaos desesperadamente para fuxir, porque alguén matara ao seu amigo e el era o seguinte na lista. Pero só había que velo, con aquela pinta, con alpargatas e camiseta imperio, para comprender que a súa pretensión dun millón de euros era grotesca. Que nos impedía darlle un golpe na cabeza agora mesmo e quedar coas xoias gratuitamente? O caso é que eu mesmo estaba a enganalo coma a un meniño, e dábame vergoña comprobar o fácil que resultaba. Karim era un home desesperado, e dalgún xeito, estabamos abusando del.

Acendeu unha lanterna e deulla a Rashid. Eu entrei naquel cubículo estreito, e Hilario e Nines alasaban detrás miña. Se os convencera para que me axudaran era porque tiñan unha inmensa curiosidade por ver de preto as xoias Almirall. Temía que, de non ser por

169

aquilo, Nines poñería algunha escusa. Que lles estaba pasando?

Ao fondo do habitáculo había barro escuro e reseco, e unha morea de rochas, como se anos atrás se producise un derrubamento. Karim pugnaba por mover unha pedra moi grande que parecía formar un banco ao fondo.

A claustrofobia e o cheiro daquel lugar resultaban insoportables.

—Pedro... –díxenlle ao oído a Rashid, pese a que corría o perigo de romper a maxia do momento–. Foi Omar quen vos dixo que atopariades ese tesouro na tenda de Gironés?

Rashid miroume. Pareceume que lle brillaba máis o ollo enfermo có san. Dubidou uns intres. Non pagaba a pena seguir intentando encambarlles o roubo a Omar e Alí, agora que xa admitiran que as xoias as tiñan eles, e que estaban a piques de amosárnolas.

—Omar dicía que Gironés tiña cousas moi boas, e que por iso xa non quería traballar con el.

—Cando volo dixo?

—Díxollo ao meu pai nunha voda.

Busquei o nome enterrado no fondo da miña memoria. Dixéramo Aisha.

—A voda de Jasmina –como se a coñecese de toda a vida.

Asentiu.

—Quitásteslle as tarxeta da Seguridade Social a Omar durante aquela voda?

Escapoulle a risa. A min tamén.

Karim dixo:

—Aquí!

Retirara por fin a rocha e, dun burato que había debaixo, acababa de sacar unha bolsa de plástico duns grandes almacéns.

170

—Aquí –repetiu.

Hilario e Nines retrocederon amodo cara ao exterior. Os seus rostros facían pensar que esperaban un final apocalíptico ao estilo da Arca perdida. Rashid e eu tamén saímos porque pensabamos que os acontecementos transcendentais necesitan espazo e luz do día.

Saíu Karim, finalmente, coma o meigo que se dispón a efectuar un prodixio. E cun xesto de liturxia baleirou a bolsa sobre a superficie de cemento.

A primeira vista, non me pareceron un tesouro. Eran pezas brillantes, pequenas, bixutería mesturada nun morico confuso. Había que achegarse...

—Non as toquedes! –berrei.

... Tiñas que observalas con moita atención para reparar no traballo pulcro e exquisito de cada unha daquelas pezas. Estilo *art déco*. Debuxos xeométricos, cadrados, rectángulos e rombos, coas pedras preciosas colocadas estratexicamente en ángulos e centros. Nada espectacular, pero si moi distinguido. Imaxino que un novo rico deses que queren exhibir ata o último euro gastado nin sequera as miraría. Imaxino que o propio Karim debía de preguntarse que viamos naquelas pezas. Mais abondaba con fixarse na reverencia de Hilario e de Nines, ambos de xeonllos, contemplando coa boca aberta o tesouro, para decatarte de que aquilo era moito máis do que parecía. Era como asistir á extase dalgunhas persoas cultas ante unha ópera ou ante algunhas obras de arte incomprensibles. A min, este tipo de cousas fanme pensar que estou perdendo algúns praceres esenciais da vida. E entón digo que esa xente son uns pailarocos que quedan pampos diante de calquera cousa.

Ben, non sei se Nines ou Hilario eran uns pailarocos, ou se estaban interpretando o papel que eu lles outorgara, pero o caso é que resultaban convincentes. Véndoos, ninguén podía dubidar de que aquela morea de pezas valía un millón de euros.

Levantei a vista e os meus ollos atopáronse cos de Karim. Meu pobre. Coa navalla na man.

Os meus ollos dicían: «Ben, grazas. Aquí remata a comedia.»

Karim entendeuno. E Rashid tamén.

De súpeto, só eran un pai e un fillo esfarrapados, misérrimos, famentos, con miradas suplicantes. Que podían facer eles, pobres inmigrantes na terra estraña, sós, con aquela navalliña de merda? Fuxitivos e agachándose, non tiveran nin a oportunidade de buscar cómplices que lles gardasen as costas.

Eu si.

—Pablo –dixen, dirixíndome a Rashid–. O día que nos coñecemos, quitáchesme os cartos aproveitando unha distracción miña. Ti sabes que iso está mal, non si?

Estábanselle enchendo os ollos de bágoas.

—Ti falo, pero sabes que non deberías facelo, non si?

Asentiu.

—Pois eu tamén o fixen. –Amoseilles o móbil–. Teño o teléfono conectado coa policía. Chameinos antes e díxenlles que escoitaran. Agora xa saben que as xoias Almirall están na fonte do Avó. Deben de estar vindo cara aquí.

O medo reflectíuselle nos ollos. Eu advertira a Hilario de que aquel era o momento de máis perigo, o momento en que podían reaccionar violentamente. E feliciteime por invitalo á festa. A súa musculatura facíame sentir máis cómodo.

A Karim tremíalle a navalla na man. Abaneábase de adiante atrás como se estivese xuntando as forzas para botarse a nós.

—Atención, Pablo, Pedro. Non dixen os vosos nomes, a policía non sabe quen sodes. Aínda podedes fuxir. Se utilizas esta navalla, Pedro, levas as de perder contra min e contra Hilario á vez, e a policía vaite cachar, e vas para o caldeiro por moitos anos.

Pai e fillo miraban á dereita e á esquerda, desconcertados. Calquera cousa que pensaran facer, calquera iniciativa agresiva que se lles estivese ocorrendo, fundiuse baixo o son dunha sirena de policía, ao lonxe. O desconcerto deixou paso ao pavor. Como dous pecadores que oísen as trompetas do Xuízo Final.

De súpeto, Karim (meu probe, pensei daquela, meu probe) agarrou ao seu fillo da man, e turrou del, e botaron a correr cara a algures, no bosque.

Non era unha fanfurriñada.

Uns minutos despois, chegaba a policía. Dous coches Z e un K no que viñan os da Brigada Científica. Aí estaban todos os meus amigos da comisaría do barrio, De la Peña, Guerrero e Talbot, todos decididos a colgar as medallas. Eu dixéralles que lles cedía os honores en exclusiva. E que non ía ir á comisaría porque non quería que ninguén me asociase a aquel operativo. Só lles falei de Gironés, un perista que ocultaba o seu auténtico negocio de captación de material roubado detrás dunha tenda de ultramarinos e que posiblemente estaba implicado no asasinato dun magrebí chamado Faruq.

Non lles dixen máis nada, e estábanme tan agradecidos, ou estaban tan ansiosos por impedir que a alguén se lle ocorrera atribuírme a min algún mérito naquel servizo, en detrimento dos que lles correspondían a eles, que non insistiron.

Estabamos chegando á casa co Grand Cherokee cando, de lonxe, vimos que unha rapaza moi guapa, vestida de verde, estaba atendendo as mesas na terraza do bar do meu pai.

Nines e mais eu, seguramente intimidados por Hilario, que non lle collía unha palla polo cu despois do seu primeiro éxito policial, atoparamos a maneira de recuperar a conversa sobre as fotos e a nosa relación sentimental, e velaquí que a aparición daquela intrusa nola propiciaba de novo.

—Que fai esta aí? –exclamei.

—Ti saberás –murmurou Nines–. Parece que está traballando no bar do teu pai.

Hilario deixou o 4x4 con dúas rodas enriba da beirarrúa e eu saltei e corrín cara a Carla, consciente de que Nines e mais o seu amigo estaban atentos a cada un dos meus actos. Agora pensarían que quería chegar antes ca eles para poder bisbarlle a Carla algunha advertencia ao oído. De modo que levantei a voz máis do que resultaba prudente:

—Que estás facendo?

—Traballando no bar. Pedinlle ao teu pai que me permitise axudarlle mentres ti viñas, e deixoume. Acórdaste que falamos, o día da verbena, do que significa traballar nun bar?

—A noite da verbena –puntualicei, moi nervioso, digamos que sospeitosamente nervioso– ti e mais eu non nos vimos. Iso foi pola tarde.

—Ah, si, tes razón –riu Carla.

E eu, todo atrapallado, colorado coma un pemento:

—Vaia, e en realidade, pola tarde non nos vimos. Só estivemos falando por teléfono...

—E o día seguinte tamén.

—Ao día seguinte só falamos por teléfono.

Mesmo eu tiña a sensación de estar mentindo.

—Bos clientes da telefónica, con tanta chamadiña, ha, ha. –Hilario non podía evitar explotar a súa vis cómica.

Carla dirixíase a unha Nines xélida.

—Como pasastes a verbena? Nós traballando no bar familiar, verdade, Flanagan?

Nines engurrou o cello e cravoume unha mirada fulminante.

—Eu no bar da miña familia –dixen– e ela no bar da súa familia. Non confundamos.

—Teu pai ten un bar? –dixo Nines, incrédula, encarándose a Carla.

—Pois claro que non –contestou a outra, frívola, rindo e tremelicando de gozo. Non podía ser máis feliz–. É unha broma privada, verdade, Flanagan? –Para subliñar que compartiamos bromas crípticas, colgóuseme do brazo e sacoume a lingua, nun xesto que rebordaba sobreentendidos–. Vinche traer as fotos.

Púxome nas mans o sobre dunha tenda de revelados que, casualmente, levaba enriba. Eu dispúñame a abrilo, máis que nada para ter un lugar a onde dirixir a vista sen sentirme moi violento, mais ela puxo a súa man sobre as miñas para impedirmo. E pareceume que as nosas mans estaban moi familiarizadas, coma se estivésemos a acariñalas e non fose a primeira vez–. Non, non, míraas despois, Flanagan!

—Por que ten que miralas despois? –interveu Nines, suspicaz–. E logo, non podo velas eu?

—Son unhas fotos moi malas... Non sei se servirá algunha. Por favor, Flanagan, dáme moita vergoña, non as ensines...

—Non, non —dicía Nines cunha sorna que eu non lle coñecía—. Se non queres ensinalas, non as ensines...

—Claro que quero ensinalas! —berrei, para demostrarlle que non tiña nada que ocultar.

Saqueinas do sobre. Non sei que esperaba atopar. Pero só eran dúas fotos das que me fixera coa súa cámara analóxica o día que nos coñeceramos. Dúas fotos inofensivas. Flanagan sorrindo, e Flanagan serio. E máis nada.

—Estas son as fotos? —Nines parecía moi decepcionada.

—Si. Xa che dixen que eran malas... —dixo Carla, moi inxenua.

—Pero fixeches máis... —protestei.

—Ben...

As reticencias de Carla daban a entender que non sería oportuno exhibir as outras fotos en presenza de Nines.

—E...? —dixen, irritado.

—Son moi malas —escusábase Carla, en falso—. Aínda peores. Non as trouxen...

—Eu xa vin esas fotos —soltou por fin Nines, torcendo o bico.

—Xa as viches? —Carla—: Imposible!

—Pois vinas. Fostes xuntos á verbena!

E eu:

—Que?

—Imposible —Carla—. Acabo de revelalas e tráioas aquí. E non nos vimos na verbena, verdade? —Mi madriña, parecía que estaba dicindo exactamente o contrario do que dicía—. Foi moi aburrido. Seguro que vós o pasastes moito mellor en Sant Pau. Aquí houbo unha calor de medo... E botar a sesta coa roupa posta... Ti como a dormes, Nines? Vestida de pés a cabeza, como Flanagan?

—Eh! –protestei.

Imaxinaba o que estaría pensando Nines.

—É de broma... –berroume Carla, coma se estivese farta de bater coa miña falta de sentido do humor.

—Pois non lle vexo a graza –corteina.

E ela:

—Perdoa, perdoa –coa coquetería de quen sabe que será perdoada grazas aos seus encantos–. Xa marcho. Que me parece que queredes quedar sós.

—Eu tamén marcho –dixo Hilario.

—Non –dixo Nines, enfurecida–: a que marcho son eu.

—Espera, Nines, espera...

—Acompáñasme, Hilario?

—Non te vaias, Nines, por favor! Pódese saber que está pasando aquí?

A man enorme de Hilario caeu sobre o meu peito, cortándome o paso. Estiven a piques de xogar a vida mandándolle unha puñada, pero impediumo a porta do Grand Cherokee pechándose con furia. Vin a Nines alí dentro, mirando obsesivamente cara adiante, e sentinme desarmado. De nada serviría quitar de enriba a Charles Atlas se ela continuaba resistíndose a falar comigo.

Que raios pasaba con aquelas fotos?

Hilario dirixiuse ao seu flamante 4x4, púxoo en marcha e desapareceron.

Volvinme cara a Carla.

—Pódese saber que pasa con esas fotos?

—Que fotos, Flanagan? Non o sei. Eu revelei estas... Queres velas todas? –Amosoume algunhas fotos máis. As que me fixera aquel primeiro día, fotos sen importancia, Flanagan así e Flanagan asá–. Eu non sei que fotos vería Nines en Sant Pau. Eu non estaba en Sant Pau. Estaba aquí, acórdaste? Contigo.

Agarreina dos brazos e abaneeina.

—Ti de que vas, tía? Es tan idiota como parece ou estás argallando algo...?

Pestanexou para que se notara que volvera poñer as pestanas postizas. Só para gustarme.

—Paréceme que será mellor que eu tamén me vaia. Xa volverei cando esteas máis calmado.

—Si, será mellor.

Berrei.

5

De alí a un pouco estaba en medio do silencio.

Era noite pecha e achábame sobre a ponte dende a que se vía a sinistra camposa da carraca. Non pasaban coches e o ruído da civilización, dos chiringuitos e dos paseantes da praia quedaba moi lonxe.

Fora buscar a Alí Hiyyara e aos nenos da rúa que o acollían. Quería dicirlle que xa non tiña nada que temer. Ao día seguinte, Gironés xa estaría na cadea. Quedara claro que era Gironés quen os perseguía porque lle fixeran crer que eran eles, Alí e Omar, os que lle roubaran as xoias Almirall. Quería matalos porque temía que, se os cachaban, dixeran onde conseguiran as xoias.

Pero os nenos da rúa non estaban alí.

Supuxen que máis dunha noite e máis de dúas debían de pasalas lonxe daquel punto de reunión, nalgún parque perdido da cidade, alí onde as drogas ou o alcohol os tombaran, como a noite que eu pasara con eles.

A Alí diríalle que xa non tiña nada que temer de Gironés..., mais tamén lle tiña que dicir que o seu

178

futuro non estaba tan cheo de esperanza como eu lle fixera crer cando nos coñecemos.

Os seus avós maternos non contactaran con Lahoz para que os axudara a adoptalo. Se cadra o seu pai nin sequera estaba agachado. Se cadra nin sequera sabía que era sospeitoso do roubo da tenda de ultramarinos. Quizais, simplemente, o abandonara.

Estaba moi deprimido. Por Alí e por min mesmo. Porque non me gustaba como acababa aquela historia. Sen esperanzas.

Melancólico, co aire do desenganado que se está formulando cal será a maneira máis airosa de tirarse dunha ponte abaixo, marquei un número no teléfono móbil.

A voz de Nines contestoume que agora non podía atenderme, que lle deixara unha mensaxe, que xa me chamaría. Soou un chifro penetrante e desagradable.

Suspirei.

Dixen:

—*I just call say I love you*. Que nos está pasando, Nines? Supoño que me dedico demasiado ás miñas historias de polis e ladróns e non che fago o caso que debería facerche... Será iso o que lles ocorre aos matrimonios vellos? Que raios pasa con esas fotos? Podes contarmo? Ti fálame de fotos e eu fáloche de anónimos.

179

Capítulo 8

1

AO día seguinte, madruguei para estar puntual diante da tenda de Gironés e ver como a policía ía detelo. O inspector De la Peña dixérame que coñecía o xuíz de garda e sabía que, estando as xoias Almirall en xogo, abondáballe coas declaracións dun confidente (que era eu) para firmar a orde de detención.

E, efectivamente, chegaron dous coches de policía, un con distintivos e o outro sen eles, e deles saíron seis ou sete policías, uniformados e de civil, e un deles era o meu amigo De la Peña.

Eu era un dos peóns que pasaban casualmente por alí e que pararon a mirar que pasaba.

Tardaron moito en saír porque tiñan que facer o rexistro de toda a casa e a tenda e os inspectores da policía científica son moi perfeccionistas e moi puntillosos cando fan o seu traballo, e tardan moito. Non sei como tomaría o señor Gironés a irrupción. Supoño que mal.

Non creo que a esperase e este tipo de sorpresas sempre son difíciles de dixerir. Non obstante, axiña debeu cheirar que aquela movida estaba provocada polas xoias Almirall. Quizais, ao principio, respirou aliviado pensando que xa non as tiña na casa, porque

181

llas roubaran, mais de súpeto (segundo me contaron despois) un dos policías cantou bingo porque nun dos caixóns apareceu o colgante que o propietario da xoiería Gallardo lle devolvera ao señor Gironés.

E, ademais, segundo me comentou o inspector De la Peña, os da policía científica atoparan abundantes marcas dactilares de Gironés no tesouro Almirall. Pensei que fixen ben aconsellándolles a Hilario e a Nines que non tocasen as xoias.

Por fin, Gironés, cara de molete, saíu esposado entre dous policías de uniforme. Non fixo o intento de tapar a cara nin nada parecido. Polo visto xa tiña antecedentes, non era a primeira vez que pasaba por aquel transo e tanto lle daba se lle vían a cara ou non. Non obstante, nas ocasións anteriores cacháranno por outro tipo de delitos (malos tratos á súa muller, estafas...) debía pensar que só o podían acusar de receptación de obxectos roubados, delito que ten unha pena relativamente leve (de seis meses a dous anos).

Cando vin que xa o tiñan dentro do coche, permitinme recorrer ao teléfono móbil para facer a chamada que me pedía o corpo dende a tarde anterior.

—Si?

—Lahoz? Oriol Lahoz?

—Si, Flanagan! –alegremente–: Como vai todo?

—Moi ben, Oriol. Son moi feliz porque agora mesmo estou vendo como deteñen ao señor Gironés. Sabes a quen me refiro? Un que ten unha tenda aquí, no barrio. A policía lévao por receptación de obxectos roubados. É perista. Sóache?

—Como? –conseguiu dicir, finalmente.

—Si. E probablemente tamén o implicarán no asasinato dun magrebí chamado Faruq.

Lahoz empezaba a reaccionar con todo o morro do mundo:

—É que non sei de quen me estás falando...

—Ah, non o sabes? Ao mellor deuche un nome falso, porque, agora, nin eu mesmo me chamo Flanagan. Voucho dicir máis claro. Era o teu cliente.

—O meu cliente...? –Atreveríase a negalo? Insistiría no conto que inventou para convencerme sobre os avós de Alí?

—Si, Lahoz. O teu cliente. O que che encargou que atoparas a Alí Hiyyara. E sabes por que o buscaba, Lahoz? Sabes por que buscaba aos Hiyyara, ao pai e ao fillo?

Pausa. Un bufido canso, ao outro extremo da liña.

—Non, non o sei, Flanagan. Só sei o que me dixeches.

—Buscábao para matalo, cabrón! E ti contratáchesme a min para que atopase o neno a quen querían asasinar!

—Non o sabía, Flanagan. Xúroche que non o sabía...

—Non o sabías?

—Todo o que me estás contando é novo para min, Flanagan, xúrocho...

—Pois sabes que che digo, Lahoz?

—Só sei que me ofreceu cartos. Eu non pregunto o que non queren dicirme...

—Pois dígoche que vaias á merda, Oriol Lahoz. Que non me volvas chamar nunca máis, oíches? Non quero saber nada de ti, porque eu si que pregunto, porque a min si que me interesa saber de onde sae a pasta e como van utilizar as miñas pescudas! Non quero que me emporcalles nunca máis cun caso coma este, enténdelo? Nunca máis.

Cortei a comunicación.

Non vou dicir que quedase satisfeito, pero si un pouco máis descansado e en paz consigo mesmo.

2

Despois de almorzar nun bar calquera, parei no Centro de Servizos Sociais do barrio, que me quedaba de camiño.

Estaba pensando en Alí.

Falei cun asistente social novo, alto, delgado e con gafas, que me fixo pasar a un despacho e dedicoume toda a súa atención, dunha maneira que cualificaría de intensa.

Empecei falando dun neno nacido aquí, fillo de española e marroquí, que se estaba mesturando cos nenos da rúa, unha banda de indocumentados que empezaban a delinquir e que acabaría sendo perigosa. Acabei falando desa banda que, de feito, me interesaba moito máis. Á fin e ao cabo, Alí tiña unha familia e moitas máis posibilidades cós demais de endereitar a súa vida. Non obstante, cando mencionei que o pai do neno, Omar Hiyyara, desaparecera, o asistente social preocupouse moito.

Díxome que, en caso de que ningún parente se interesase por Alí, existían Centros de Atención á Infancia onde o acollerían con moito gusto. E que tamén os nenos da rúa podían beneficiarse destes centros. Que había educadores de rúa (como el mesmo) que levaban os nenos a Centros de Día onde podían ducharse, gardar as súas cousas e comer, cear, e realizar actividades dende media mañá ata as dez da noite.

Porén, ao chegar a este punto, o optimismo do asistente social vacilou e recoñeceume que as cousas non eran tan doadas. Por exemplo, non podían darlles aloxamento nocturno aos rapaces porque os centros estaban cheos.

—E ademais –dixo–, eles tampouco queren vir nin socializarse aquí. O menor que se instala na rúa xa non ten esperanza, xa non cre na familia que o impulsou a fuxir ou que o botou da casa; e tampouco cre no traballo porque xa sabe o que é a explotación, tanto no seu país como no noso. Mira ao seu redor e, que ve? Aló, un país cheo de corrupción e de miseria, gobernado por homes sen escrúpulos que fan traballar aos nenos moitas veces sen lles pagar nin o que lles prometeron nin nada. Aló e acolá, xente que lles quita todos os cartos que teñen para pagar unha viaxe cara á miseria. As pateras que provocan tantos e tantos mortos, os camións onde viaxan de matute, pechados e amoreados ata o punto de que, en ocasións, algúns morren asfixiados. E, despois, o traballo eventual, por catro patacos, nun mundo que os despreza, que os humilla, que desconfía deles, que os trata coma escravos, como animais... E que queres que crean? Aproveitámonos deles e despois facemos leis para botalos cando xa non nos serven...

O asistente social novo parecía avergoñado.

—E que hai que facer? –eu precisaba unha mensaxe máis positiva–. Impedirlles que entren? Obrigalos a quedar no seu país?

—Iso sería unha crueldade. Somos os ricos defendendo o castelo da riqueza contra os embates da pobreza que nós mesmos creamos e contribuímos a manter. A moitos desvergoñados que teñen influencia convenlles que cheguen pateras cheas de inmigrantes ilegais que traballarán sen saber qué é un contrato laboral, nin un salario mínimo, nin un sindicato...

o que tería que facer a ONU é intervir e obrigar a todos os países membros que queiran beneficiarse da súa pertenza a acatar a Declaración Universal dos Dereitos Humanos... –Rendeuse, canso–. En fin, son utopías. En realidade, non sei que habería que facer. Non teño nin a menor idea. Desgraciadamente, sempre temos que fixarnos en casos concretos e, así, só podemos poñer parches para saír do paso...

Como se espertase dun soño, volveu ao tema de Alí.

—El ten máis posibilidades. Ten a nacionalidade española, ten familiares aquí... E dis que agora xa non está en perigo, non? Dime onde o podo atopar e vou velo...

Díxenlle que o atoparía coa panda que se reunía na camposa da carraca, e saín do seu despacho con malestar case físico, unha sensación de impotencia que pesaba coma unha lápida mortuoria.

Cruzaba o vestíbulo cando me fixei nun rostro que axiña se me fixo familiar. O rostro dun neno magrebí, torto, cun ollo medio pechado, velado, e outro que me miraba con odio. Que facía Rashid alí? Non parei. Saín á rúa pensando que para el se cadra si había esperanza, se era capaz de pedir axuda aos servizos sociais. Adoito, é aquí onde xaz o segredo da salvación: saber onde poden axudarche e pedir axuda.

Cando cheguei á casa, atopeime co terceiro anónimo.

3

Naquela ocasión, o que contiña o sobre sen remitente non era unha mensaxe escrita.

Eran fotografías.

Seis fotografías noxentas, repugnantes, indignantes. Pornografía pura, con isto está todo dito.

A protagonista era Nines e non estaba soa, e o resto déixoo á vosa imaxinación máis perversa.

Afundinme. Pensei que o miserable que me estaba facendo aquilo saíra coa súa, que xa me vencera, que me rendía, que xa non podía facerme máis dano e que eu non podía aturar máis golpes. Corrín ao meu cuarto e chorei, rabioso, prometéndome vinganzas terriblemente satisfactorias, ata que me vin sentado e sen forzas, coma se me desen unha malleira.

Pero, queredes que vos diga unha cousa? Non dubidei de Nines nin por un momento. Pensei que alguén se pasara, que alguén pensara que no seu xogo todo valía, e non era verdade, non valía todo. Non todo o mundo é capaz de calquera cousa. Eu coñecía a Nines, queríaa, fixeramos o amor, entre os dous fixerámonos un amor á nosa medida, e sabía que aquilo que estaban vendo os meus ollos era imposible. Aínda que o visen os meus ollos. A pesar de que as fotos acabaran de completar o anónimo que describía as partes máis íntimas de Nines. De momento, non atopaba explicación a ningunha das dúas mensaxes, mais estaba seguro da fidelidade da miña moza. Axiña se me ocorreu que aquilo tiña que ser obra dun tolo e, a continuación, tiven a seguridade de que só se podía tratar de montaxes fotográficas. Non dubidei nin por un segundo de Nines. Ao contrario, maldicinme a mi mesmo por non reparar antes en que alguén quería separarnos.

Marquei o número de móbil de Nines. Non estaba. Que lle deixara a mensaxe despois de oír o sinal. Recorrín ao número fixo da súa casa. Contestou a súa nai. Non lle preguntei como estaba despois do desgusto que lle deu o *Amigo*. Fun ó choio: que se estaba Nines. E ela díxome:

—Saíu. Viuna buscar un amigo de Sant Pau.

187

Colguei sen dicir máis nada.

Tremíanme as mans cando puxen as fotos no peto e saín do bar con tanta enerxía que o meu pai, que empezara a dicir: «Xanzolas, esta tarde tes que me axudar...», acabou coa frase: «... Pero, se non queres non fai falta.»

Corrín. Gustaríame camiñar tranquilo, mais con paso rápido, disimularme a ansia a min mesmo, pero foime imposible. Tremíanme os beizos, coma se falase só, e creo que me saían unhas burbullas, coma a un can adoecido e notábame os ollos acendidos como brasas, e calquera que se fixase en min diría que estaba a piques de tolear.

Entrei coma un foguete na tenda de fotografía do barrio. Había pouco que se fixera cargo do negocio un matrimonio novo, Roser e Manuel, con quen simpatizaba dende que lles levara a revelar as miñas instantáneas indiscretas. «É que son detective», díxéralles aquel día. Fixéralles moita graza, invitáranme a un refresco, eu contáralles algunha das miñas aventuras e fixerámonos amigos. Aquel día, eu quería falar con Roser. Preguntábame se coñecería a Nines, se a vería comigo algunha vez.

Manuel estaba detrás do mostrador. Non pensaba compartir con el o meu segredo vergoñento. Non sei por que, pero entre homes estes asuntos lúxanse, e digan o que digan, confío máis na discreción dunha muller. Polo menos, na discreción de Roser.

—Está Roser?

—Está dentro, no ordenador, retocando as fotos dunha reportaxe de voda. Non che vallo eu?

—Temo que non. É algo privado. Privado e urxente. –Fixen un esforzo violento por sorrir–. Cousas de detectives.

Non obstante, o que o convenceu non foi o sorriso, senón a lividez e a expresión funesta de antes e despois de sorrir.

—Agarda un momento, que xa a aviso.

—Podo entrar eu? É que... É que lle teño que ensinar... Non quería facelo aquí, na tenda...

—Podo saber de que se trata?

—Non! Síntoo, Manuel, prefiro non dicircho. En todo caso, xa cho contará ela, de acordo?

De maneira que pasei á trastenda, onde tiñan a gran máquina de revelar e os ordenadores e a Polaroid para facer fotos de carné ao momento. «Ola, Roser», e esperei a que saíse Manuel, consciente de que a parella intercambiaba unha mirada estupefacta por riba do meu ombreiro.

Despois, viñeron os circunloquios.

—Oíches..., mira, teño que ensinarche unha cousa que..., vaia, non sei como dicirche, non o tomes a mal, pero teño que facelo, estou seguro de que son unhas fotos trucadas, e agradeceríache que, se é así, mo confirmaras...

—A ver –dixo ela–. Hoxe en día, con Photoshop xa podes facer unhas cousas tan perfectas, ti mesmo, na túa casa, que non sei se poderei distinguir...

Distribuín as seis fotos sobre a mesa. E desviei a vista. Non quería volver a velas e non quería ver a expresión de Roser ao atoparse con aquilo, e mirábao, e mirábao, e empezaba a analizalo. Tivo a delicadeza de non dicir «Mimá!», nin «arredemo, Flanagan, que é isto?», nin «vaia, non está mal». Estivo calada un bo anaco.

—Están trucadas non si? –preguntei ao final, a piques de chorar, cando xa non podía aguantar máis.

—Imos ver –repetía ela, en voz baixa–. Se están trucadas, pódese detectar, ás veces, polas sombras. Se xuntaron dúas fotos, poida que nunha a luz proceda dun lado e na outra do outro. Pero estas case non teñen sombras...

Eu concentrábame nunha soa idea frenética: «É unha trucaxe, é unha trucaxe, é unha trucaxe.» Mataría a quen me dixera que non era unha trucaxe.

—Se é unha trucaxe é perfecta –dixo Roser. Se cadra deberías consultalo co xinecólogo da rapaza. Talvez el podería identificar estas partes íntimas e dicirche se son súas ou non... –Era unha broma. Chiscoume un ollo, co propósito de distender a situación. Fracasou. Eu era cego e xordo ás sutilezas–. Déixame intentar unha cousa.

A agonía prolongábase demasiado. Non estaba seguro de poder aturalo moito tempo máis. Tiña cambras intestinais.

Coa boca seca e a respiración alterada, vin como Roser levaba as fotografías ao ordenador que tiña ao fondo da rebotica. O proceso de escaneo e análise das fotos fíxoseme longuísimo. Non retorcía os dedos porque aínda conservaba un chisco de dignidade, mais era consciente de que estaba quieto coma unha momia e da miña incapacidade para iniciar unha conversa amena. Estaba calado e cagado de medo. E pensando que, de todos os xeitos, aínda que Roser me demostrase que aquilo era unha montaxe, eu non podería esquecer que o autor dos anónimos coñecía detalles moi íntimos da anatomía de Nines.

Roser pasou as fotos á pantalla do ordenador co escáner, puxo as gafas e empezou a ampliar determinados fragmentos.

Pasaron uns minutos eternos.

—Aquí –dixo.

Estiven a piques de berrar.

—Iso fíxose con dous tipos de cámara diferentes. Unha dixital e outra analóxica. O ambiente en xeral e o corpo da rapaza fotografáronse coa dixital, posiblemente con pouca luz e coa máquina forzada a unha sensibilidade alta. Posiblemente, a rapaza estaba durmindo sobre esta mesma cama cando llas fixeron. Velo? En cambio, o home... este home ao que non se lle ve a cara... Trátase de fotos analóxicas, escaneadas. Seguramente, feitas a propósito sobre un fondo neutro para poder recortalas sen que se note. Pero mira: aquí, a ampliación sae granulosa: carrete fotográfico. E aquí apréciase este efecto que nós chamamos «son», ou «sucidade», exclusivo das imaxes dixitais. Ademais, se te fixas, verás que os píxeles dunha e outra foto non son do mesmo tamaño.

Eu non vía nada porque non quería mirar, mais os pulmóns ensanchábanseme. Era unha montaxe fotográfica. E Carla utilizaba unha cámara analóxica porque «non se aclaraba coas cámaras dixitais». E aquela trucaxe tivera que facerse con ordenador, e precisamente o amigo de Carla era Hilario, o Charles Atlas da informática. Xa os imaxinaba argallando todo o plan. As visitas de Carla, as insinuacións, os equívocos, os anónimos, as fotos trucadas...

Imaxinaba que Nines vería as fotos onde saíamos Carla e mais eu. Claro. Ela dixera: «Pasastes a verbena xuntos! Eu vin as fotos!» Chegara o momento de preguntarlles que raios pretendían e de romperlles os dentes cun bate de béisbol. E como podían coñecer os detalles anatómicos de Nines? Se cadra Carla ía ao mesmo ximnasio que Nines e puidera verlle o corpo, e...? (Non, non, non!).

Roser devolveume as fotos e dixo:

—Fixéronlle unha boa putada, pobre rapaza. E, se é amiga túa, tamén cha fixeron a ti.

Eu ía recuperando o coñecemento. Quero dicir que, progresivamente, pouco e pouco, volvía á miña condición de persoa e mesmo de detective privado, ía recuperando a facultade de raciocinio e fun quen de distinguir unha cadeira dunha cámara fotográfica, e a cor vermella da cor verde, e a man dereita da man esquerda. E discernín o significado das palabras. E, do máis fondo dun pozo abismal e tenebroso, coma un eco, volveu unha palabra ao meu cerebro. Unha palabra que pronunciara Roser e que, coma unha frecha incendiaria, prendía lume ás miñas neuronas, e facíase a luz.

A palabra era xinecólogo.

«Se cadra tiñas que consultalo co xinecólogo da rapaza. Se cadra el podería indentificar as partes íntimas e dicirche se son túas ou non...»

Aquel comentario de Nines, o día que fomos a Corbera: «Ten garda no hospital o teu pai?»

Xa estaba. Cadraba todo. Caso resolto.

Vaia, o móbil. Como funcionaba un móbil? Que teclas había que premer para falar con Nines? Os números? Lembraba como se contaba? Sumar, restar, multiplicar, dividir? Da raíz cadrada non me lembraba ben. Números, números, números. Ai, non, que o teléfono tiña memoria. Non era amnésico, coma min...

—Neste momento non te podo atender. Deixa a túa mensaxe despois de oír o sinal.

—Nines! –berrando con tanto fervor como se pretendese que Nines me oíse sen a interposición do teléfono–. Nines, un dos teus amigos peras é un cabrón! É o fillo do teu xinecólogo, estou seguro! Apóstoche o

192

que queiras a que Hilario é o fillo do teu xinecólogo! E por que é tan importante este descubrimento? Ben: pregúntallo a el! Se o tes preto, pregúntalle por que me manda anónimos contándome cousas íntimas túas que só puido sacar da ficha médica do teu pai... Pregúntalle polas fotos que mandou! Montaxes fotográficas! Apóstoche o que queiras a que a ti tamén che amosou montaxes nas que eu era o protagonista! Posiblemente Carla e mais eu!

Como se respondese a unha invocación, nada máis colgar, o móbil empezou a soar e a vibrar na miña man. O corazón deume un chimpo e por un momento pensei que era Nines respondendo á miña chamada. A maldición rompérase.

Pero non era Nines.

Era o meu amigo Charcheneguer.

—Flanagan, Flanagan! Por favor, axúdame, que non sei que facer!

4

Tiven que facer un esforzo de concentración. Charche? Ramón Trallero, Charcheneguer? Ah, si. Con aquel problema relacionado co anel de Vanesa e un delincuente chamado Quique Antón que o tiña secuestrado... Aínda non se librara del?

—Charche...! Onde estás? Que tes?

O murmurio angustiado:

—Que Quique Antón foi buscar ao xefe da banda que che dixen, Flanagan! Os Leóns Vermellos! Xa veñen! E Quique Antón prometeulle a ese animal que eu cagaría o anel esta mesma tarde e que, se non o facía, sacaríanmo cunha navalla!

—E aquilo que tiñas que facer co laxante?

193

—Ah, si. Foi mercalo el. Eu ofrecinme voluntario, para que non cansara nin tivera que pasar a vergonza de pedir un laxante na botica, pero el dixo que non tiña vergonza, que precisamente por iso lle chaman sinvergonza, e pechoume outra vez e saíu a mercalo. Pareceulle unha idea excelente. Tiñas que ver como lle brillaban os ollos. E volveu con catro frascos de laxante, Flanagan! Catro! E sabes o que me aconsellaches? O de que intentara que o laxante o tomara el? Pois non puiden facelo, Flanagan. Puxen o laxante nunha coca--cola de litro e, coma tal, díxenlle: «Eh, mira, coca-cola! Que sede, eh?» Flanagan, a el non lle gusta a coca-cola. Non era mala idea, Flanagan, pero é moi difícil de levar á práctica. Quizais ti teñas moita habilidade conseguindo que outros beban o laxante que tes que beber ti, pero eu non. Iso de poñer dous vasos, un ao lado do outro, e xogar ao eu tomo este e ti tomas estoutro... Fíxome beber os dous! E despois fíxome tomar outro, e outro... Estoume alimentando a base de laxantes, Flanagan! Creo que me estou deshidratando...

—E o anel de Vanesa?

—Ben... Isto é o que aínda non che dixen. Cando Quique Antón foi mercar o laxante púxenme moi nervioso, entroume moito medo... e ganas de facer do tres!

—Facer do tres?

—É como lle chamamos na casa a facer de ventre...

—Facer do tres?

—Si, si, si, non lle deas máis voltas, Flanagan! Chamámoslle así e xa está! O caso é que me entraron moitas ganas, Flanagan, moitas ganas... E mentres Quique Antón estaba fóra... Fíxeno!

—Fixeches do tres?

—Fixen o anel! Saíu o anel, Flanagan!

—E non llo deches a Quique Antón cando volveu?

—É que estaba no do laxante, Flanagan! Pensei que, se conseguía que el o tomase, podería aproveitar para fuxir, como ti me dixeras... De modo que non lle dixen que recuperara o anel e, entón, pasou o do laxante, e como non lle dixera que xa fixera o anel, tiven que tomalo, e despois non me atrevía a confesar a verdade, porque pensei que se poñería coma un tolo ao ver que o enganara...

—Pero a el non lle estrañou que o anel non saíse?

—Si, claro. Di que debeu quedar atascado nalgunha circunvolución dos intestinos... Pero o certo é que se está enfadando e empeza a desconfiar de min, e ten unha navalla, e non sei que vou facer cando volva co líder dos Leóns Vermellos... E, ademais, o anel é meu, pagueino coa suor da miña fronte...!

—Estás xogando a vida por unha pedra de merda, Charche, polo amor do Boss! E...

—Non é unha pedra de merda! E, ademais, é de Vanesa. Estoume sacrificando por Vanesa, Flanagan. Cada vez que teño que facer do tres, penso que estou loitando por Vanesa. Nunca, ningún amante do mundo, nin Romeo, nin Tristán..., nin don Xoán..., nin Orfeo..., nin... nunca, ningún deles foi tantas veces do tres pola muller que amaba!

—Pero Charche, cando a policía os deteña, recuperarán o anel e devolverancho!

—Ah...

—Non o dubides. Non perderás o anel.

—De feito... Xa me gustaría, porque non paro de facer do tres. Fago do tres seguido... Non ben poño os pantalóns e xa está Quique Antón con outro vaso diante miña... Que podo facer, Flanagan...?

—El queda contigo, cando fas do tres?

—Si, si, sempre mirando, coma un obseso. É absolutamente inmune ao fedor. É incrible.

—Ben... Pois, disimuladamente, o que tes que facer é poñer o anel coma se fose un supositorio... Cando fagas do tres... fas catro.

—Que faga que?

—Catro. Fas tres e o anel.

—Ah.

—E dis: «Creo que agora saíu»...

—Claro. Vaia, si, penso que non teño alternativa. Creo que vou facer iso, Flanagan. Grazas. Necesitaba consultalo e oírcho dicir a ti. Agora sei que é a mellor opción. Coma un supositorio, Flanagan.

5

Cando o levaron ás dependencias policiais, Gironés declarou que non sabía nada daquela xoia Almirall, que lla dera un xoieiro do Poble Sec que se apelidaba Martínez, que rexentaba a xoiería-reloxería Gallardo. Se o dixo para eludir responsabilidades ou para gañar tempo, o detido equivocouse de vez, porque os inspectores lembraron axiña que o xoieiro Martínez do Poble Sec estaba remotamente relacionado co asasinato de Faruq, e iso multiplicou as súas expectativas e decidiron que de momento aínda non tramitarían a declaración do perista cara ao xulgado porque ao mellor poderían completala con datos novos e revolucionarios. E saíron a toda mecha cara á rúa Margarit, preto do Paralelo, cunha orde de detención onde constaba o nome do señor Martínez.

Imaxino (porque todo isto non o vin e contáronmo despois), imaxino a inquietude da peruana Palmeira (que probablemente non era peruana nin se chamaba

196

Palmeira) ao ver como esposaban ao seu amo e señor; imaxínoa pensando que sería da súa vida futura e ata que punto alguén podería chegar a pensar que ela tiña algún tipo de responsabilidade naquel operativo policial.

Imaxinei tamén o sinxelo que sería para a policía examinar os rexistros de chamadas dos teléfonos do señor Martínez e comprobar que alí constaba unha efectuada segundos despois do momento en que Faruq entrou na súa tenda. Unha chamada de Martínez a Gironés, preludio do asasinato de Faruq. E a quen chamara Gironés a continuación?

Respondendo a esta pregunta, xa terían o asasino de Faruq.

O cal pecharía o círculo e só deixaría unha incógnita no aire. Onde estaba Omar Hiyyara?

Ás veces abonda con encadear as preguntas na orde correcta para dar coas respostas. Se agora engadía a que viña a continuación: «Por que foi Alí refuxiarse na camposa da carraca o luns?», todo adquiría un sentido novo.

Porque o domingo pasara algo. Omar non roubara na tenda de comestibles o martes. Se fose así, agacharíase o mesmo martes, ou o mércores. Pero fixérao o luns. Cando Aisha chamou á súa casa e ninguén contestaba, cando Alí foi buscar refuxio á camposa da carraca.

Domingo. O día en que Alí e Aisha coincidiran na voda daquela rapaza chamada Jasmina.

Aínda non acabara de formular este razoamento e xa estaba buscando un anaco de papel onde anotara o número de teléfono dos Hiyyara de Corbera. Atopalo e teclealo no móbil foron dúas accións case simultáneas.

—Dígame –unha voz de muller, probablemente a nai de Aisha, nun castelán que soaba a árabe.

—Señora Hiyyara. Son un amigo de Aisha. Quería falar con ela.

—Síntoo, agora non está. Chámaa mañá.

Quedei desinchado. Necesitaba aclarar aquilo inmediatamente, confirmar as miñas sospeitas, e necesitábao non porque fose detective, senón porque aquilo me mantiña ocupado e afastado de reflexións máis persoais e máis íntimas e máis turbias.

A voda de Jasmina. A última ocasión na que alguén viu a Omar vivo.

—A voda!

Flanagan incorpórase dun salto, cruza o bar e sae disparado a tanta velocidade que o berro do meu pai (pregunta, orde, nin se sabe), cando consegue articulalo soa tan lonxe que parece un *flashback* de tempos remotos.

A tenda de fotografía, que é a única do barrio, pecha á unha. Faltaban cinco minutos cando cheguei e o certo é que a miña irrupción sobresaltou a Roser e a Manuel. Quizais porque me viron un pouco desencaixado por causa da carreira, quizais porque temían que lles trouxese máis fotografías como as de antes.

—Que pasa, Flanagan?

—Vodas.

—Como?

—Vos facedes reportaxes de vodas, verdade?

—Si, claro –dixo Roser, atónita–. É o que deixa máis beneficio. Se non fose polas vodas... –Mirábame con curiosidade. Ao mellor pensaba que, aclarado que a miña moza non me era infiel, propoñíame casar con ela inmediatamente, e que viña encargarlles a reportaxe.

—Fixestes algunha reportaxe de voda o domingo día 15?

—O quince... Non, diría que non. –Roser mirou ao seu home–. Verdade que non, Manuel?

—Unha rapaza que se chama Jasmina –axudeilles–. Unha inmigrante da praza dos mouros.

—Nese caso, seguro que non. Os inmigrantes non teñen cartos. Nunca nos encargaron unha voda.

—Vaia.

Saírame un «vaia» tan anémico que se alegraron moito de poder darme unha boa noticia:

—Pero si temos as fotos dunha cerimonia árabe que creo que se celebrou ese día. Quero dicir que as fotos fixéronas eles mesmos, e troxéronas a revelar.

—Oh.

Produciuse un silencio durante o cal houbo un intercambio frenético de informacións telepáticas.

—Ca –dixo Manuel–. Iso si que non. As fotografías dos clientes son privadas.

—Digamos..., digamos que son un cliente que non sabe se encargarvos os meus revelados e quero ver mostras de como o facedes –dixen, consciente de que se me notaba a ansia na cara.

Manuel empezou a dicir algo pero Roser, que loitaba para que non lle escapase o riso (supoño que eu debía de ter unha expresión moi cómica), adiantóuselle.

—Baixa a persiana, Manuel. Xa son horas. –E, mentres o marido obedecía, buscou entre un feixe de sobres amarelos e deixou un na mesa–. Veña, bota unha ollada, a ver se che gusta como o facemos.

Non me entretiven coas fotos da cerimonia musulmá, nin en estudar os seus aspectos relixiosos, culturais e folclóricos. Fun directo ás do convite. Convite celebrado nun restaurante económico non moi afastado da zona que chamabamos «do vertedeiro», por razóns obvias. Axiña atopei o que buscaba.

Omar, Karim e Faruq, os tres xuntos na mesma mesa. Karim e Faruq eran os amigos de Omar que pasaran a celebración falando con el, e que despois foran con el e mais con Alí.

E aquela era a última ocasión en que viron vivo a Omar.

Devolvínlles a fotografía, saín esquecéndome de darlles as grazas e, diante mesmo da tenda, usei o meu teléfono móbil. Xa non me facía falta chamar a Aisha.

A quen chamei foi á policía.

6

De alí a un pouco, pasado xa o ataque de euforia e de novo en contacto coa realidade, xa remexía a comida co garfo, porque non tiña fame, e os meus pais facían coma quen que eles tiñan fame, mais tampouco probaban bocado; sentaran os dous na mesa, comigo, era rarísimo que ningún deles estivese atendendo o bar, miraban para min como se acabaran de saber que ao día seguinte viría buscarme un pelotón de execución e non soubesen como darme a noticia.

—Estás asustado, Xanzolas? –preguntoume de súpeto a miña nai.

—Asustado? Eu? E logo?

Por todo iso das pintadas en árabe e das chamadas ameazantes...

—Ah. Non, non. Non, non. Non pasa nada. Non, non lle deades importancia. En absoluto. Só que estou... namorado. Din que isto de estar namorado quita a fame. E, vaia, parece que é verdade.

Miraron para min e miráronse eles como se aquela declaración fose a proba definitiva de que toleara de vez.

E eu, procurando manter o sorriso de felicidade e a mirada extraviada que caracteriza os namorados máis dementes, saín á rúa para respirar aire contaminado a todo pulmón.

Alí, dediquei a tarde a chamar a Nines. Chameina e nada, chameina e nada, chameina e nada. Imaxe clásica dos nosos tempos: un rapaz paseando pola rúa cara a ningures, co móbil pegado á orella e facendo movementos de frustración e furia que, en épocas non moi arredadas, lle valerían unha camisa de forza e unha celda acolchada nun manicomio de alta seguridade.

E, por fin, nun descanso entre chamada e chamada, a chamada entrante. Alguén quere falar comigo.

Escápame un berro e tres peóns dan un chimpo e vólvense cara a min, e un deles espétase contra unha farola, e cinco coches cravan os freos aínda que tiñan o semáforo en verde... Renxidos e berros e algún impacto leve entre parachoques.

E eu:

—Si?? Nines??

Non era Nines.

Era Carla co seu soniquete ridículo.

—Flanagan? Son Carla.

Tiña un insulto na punta da lingua. Vino todo vermello e empecei a abrir a boca para pronunciar a terceira vogal, a do medio, a máis fina, seguida daquel son semigutural que xorde da gorxa a través dos beizos entreabertos, cando ela engadiu:

—Recibiches unhas fotos de Nines, non si?

O insulto converteuse nun «que?».

E ela dixo:

—Escoita, eu non sabía nada, xúrocho, acabo de sabelo! É cousa de Hilario! Está tolo de todo! –berraba moito. Estaba sobreactuando ou era que non podía evitar un eco do seu soniquete ridículo mesmo cando estaba asustada?– Acabo de descubrilo... Leva semanas seguindo a Nines a todas partes, ten gravacións que nin imaxinas... Puxo unha microcámara no dormitorio de Nines, Flanagan! Está enfermo! Non me cres? Flanagan, di algo! Non me crees, verdade?

Eu apertaba a fronte coa man esquerda e pechaba os ollos para concentrarme no que estaba pasando.

—A ver, a ver, a ver...

—El pediume que xogara un pouco contigo, é certo. E paseime. Pero eu non sabía... Non imaxinas o que... Nines pode estar en perigo, Flanagan! Vale, de acordo, non me cres, merézoo. Voute buscar e ensínocho...

—Ensínasme o que?

—O sitio onde agacha todo o que ten de Nines. É espantoso, Flanagan! Quero que o vexas. Non sei que facer.

—Escoita, guapa...

Clac. Final da conversa.

Quedei co auricular na man e o cerebro como unha ola a presión. Resultábame imposible determinar se Carla dicía a verdade ou se aquilo era unha segunda trampa dentro da trampa principal. Do único que podía estar seguro era de que Carla quería que a acompañase a non sei onde, a ver non sei qué que demostraba que Hilario era un enfermo mental obsesionado por Nines, e que fora el quen organizara o engano dos anónimos, cousa que, por outra banda, eu xa daba por demostrada. A diferenza, o matiz, estaba naquilo da obsesión, que evocaba imaxes de asasinos de películas de terror, dende *O coleccionista* ata *Ao límite*.

A ver, a ver, acouga, non te deixes levar pola histeria. Mira ben o que fas. Non te precipites.

No fondo dun caixón atopei o Magnum, a miña arma defensiva, un tiracroios metálico, cun soporte que se apoiaba no antebrazo. Din que algúns deste tipo foron utilizados durante o mítico maio do 68 para disparar bólas de aceiro contra a policía, e que podían facer moito dano. Eu nunca o utilizara contra ninguén, mais naquel momento tiña o presentimento de que se cadra estaba a piques de presentarse a primeira ocasión, e dábame un pouco de medo.

Era consciente de que non tiña control sobre os próximos acontecementos e horrorizábame a sensación de que talvez non o tivera en ningún momento dos días anteriores, que fora un monicreque, vítima dunha grande manipulación.

Estábame poñendo moi paranoico.

E tiña medo.

Cando atravesei o bar cara á rúa, pasando por diante dos meus pais, que me miraban coma quen se despide do fillo que vai á guerra, fixen un esforzo para poñer cara de idiota namorado.

—Onde vas, Xanzolas?

—Nada. Cousas miñas.

Creo que me gustaría máis que me dixeran: «Non vaias, prohibísmosche que saias, xa está ben de parvadas!»

Non mo dixeron. E, máis tarde, reprochéillelo.

Fóra, sorpresa, esperábame o Grand Cherokee de Hilario, e ao volante, Carla, disfrazada cun gorro de punto que lle tapaba case toda a fronte e as orellas, e uns lentes escuros que parecían unha gran máscara.

Levaba ombreiras e unha chaqueta de camuflaxe que lle quedaba cinco talles grande. En realidade, non advertín que era ela ata que abrín a porta do vehículo. Vista de lonxe, a través dos cristais do coche, podería ser o mesmo Hilario, ou un terrorista árabe disposto a inmolarse espetando o vehículo contra unha gardería.

—Este coche é de Hilario... —dixen, con todas as alarmas acendidas de novo.

—Non, non é de Hilario, é de aluguer, alugueino eu cos cartos de Hilario, porque el mo pediu. Xa cho contarei. Sube, por favor!

Subín ao 4x4 e a miña familia, o bar, a miña rúa e o meu barrio quedaron atrás, moi atrás, e desapareceron do retrovisor, e do cristal de atrás do coche e da miña vida.

7

Fomos buscar o Cinto de Ronda e, por alí, a unha velocidade que superaba a permitida polas autoridades, rodeamos a cidade, dirixíndonos cara á parte alta e rica.

—Cóntamo —esixín.

—Non —dixo ela—. Non che vou contar nada. Quero que o vexas. Cando o vexas e saiba que me cres, cóntocho.

Eu miraba para ela con insistencia e intentaba determinar se era sincera ou non. Ou se me daba igual, porque en calquera caso xa me apañaría para saír do apuro. Argumentaba que dar a cara era o único xeito de acabar con aquilo dunha vez e recuperar o control da situación. Con este tipo de reflexións intentaba paliar a miña angustia e xustificar a miña imprudencia. No peor dos casos, aquilo era cousa de nenos ricos, dos amigos peras e ociosos de Nines, que empezaran as vacacións e non sabían que facer, e aburríanse e decidiran pasalo ben un pouco máis á conta do pobre Flanagan.

Non podía esquecer que a última vez que me fixeran obxecto das súas bromas pasárao moi mal. Non obstante, non chegara o sangue ao río. Viñeran rescatarme a tempo. E, días despois, reunidos tomando copas, lembrabámolo e riamos. E eu, en xusta reciprocidade, pecheinos no ascensor despois de administrarlles unha boa ración de laxante. E eles non sei, pero eu, cada vez que o lembraba, escachaba coa risa. E os malos-malos da historia, Erreá e os curmáns Brotons, estaban ou ben rumbo á punta oposta do continente, un, ou ben na cadea, os outros. Estabamos en paz. Non era?

Non era?

—En tal caso, dime onde imos.

—A unha casa propiedade da familia de Hilario, no bosque. É alí onde o ten todo –Inspirou aire e engadiu, truculenta–: O santuario de Nines.

A palabra *santuario*, asociada co nome de Nines, poderíame soar ominosa, pero, mira ti, pareceume cómica e falsa. Atribuíno a un exceso de visionado de películas de psicópatas. Creo que foi iso, o feito de que utilizase aquela palabra, o que inclinou a balanza e me convenceu de que, efectivamente, corriamos cara a unha nova trampa caza Flanagans. Foi iso e a negativa anterior de Carla a entrar en detalles sobre a suposta loucura de Hilario, que me parecía un recurso para non correr o risco de contradicirse ou meter a zoca.

Saímos da cidade polos túneles de Vallvidrera, cara ao outro lado do Tibidabo, a Floresta, Sant Cugat, o Vallés.

Axiña abandonamos a autopista e as estradas principais para enfilar un camiño de terra que se perdía nun bosque frondoso. Todo escuro, só a luz dos faros e árbores, e eu cada vez máis convencido de que podía neutralizar a Carla cando me cumprise e petase. Por exemplo, se de súpeto nos víamos rodeados por outros vehículos dos que empezaban a saír nenos peras dispostos a pasalo ben a conta de Flanagan.

Non me chistaban tanta escuridade e tanta soidade. Así empezan as peores películas de terror.

Con toda naturalidade, gozando de absoluta liberdade de movementos, descolguei a mochila e saquei o tiracroios. Non sei se Carla me mirou de esguello porque aínda levaba postas as gafas-máscara, pero pareceume que se puña un pouco ríxida, que apertaba máis as mans no volante e que espetaba a mirada no bosque con máis intensidade. Agarrei o tiracroios coa esquerda e amoseille a Carla unha bóla metálica, unha chumaceira coma as que utilizabamos para xogar no patio, había moitos anos.

—Ves isto? –dixen, renunciando a calquera indicio de simpatía–. Fai moito dano. Pode matar coma un tiro de pistola, sabíalo?

Puxen a bóla na goma e turrei, apuntándoa á cabeza. Carla encolleuse e debuxou un sorriso de compromiso.

—Hostia, non fodas –xemeu.

—De que vai esta broma? –espeteille, de mal xorne–. Se vai de meter medo, xa o conseguistes, e non me gusta que me asusten. Cando me asusto convértome nun cabrón, sabíalo?

—Engánaste, Flanagan. Eu só quero axudarvos. Hilario... –dixo cun aceno a medio camiño entre a risa e o pranto.

—Se me turras do xenio, pódoche facer mal.

—Non, home, non...!

—Non me poñas a proba, que estou moi nervioso e moi excitado. Trémeme a man.

Por poucas non perdeu o control do vehículo.

—Por favor! Cando cheguemos, contarancho todo! –berrou, moito máis asustada ca min–. É unha broma, home, é unha broma!

Xa estaba. Por un momento, o cansazo, a sensación de vivir (perdoade a pedantería) *déjà vu* tras *déjà vu* abafoume e impúxoseme, mesmo, por riba da rabia.

—Ah, si? E a quen se lle ocorreu a broma?

—A... A Hilario, claro. E a Nines...

—A Nines??

—Vaia, ela dicía que non te fixésemos sufrir moito, pero escachaba coa risa cando se nos ocorreu... De cando en vez...

—Mentira! –a imbécil aquela estaba xogando a vida ao dicir o que dicía. Non se decataba de que eu estaba perdendo o control.

—... De cando en vez facemos cousas así, probas de iniciación para pertencer á panda...

—Mentira! –repetín, rabioso–. Nines non ten nada que ver con isto!

—Só era unha broma, para rirmos un pouco...

—Dime que Nines non ten nada que ver!

—Está ben, está ben...

—Por que? –berrei. Estábame volvendo tolo. Sentíame capaz de matar.

—Que?

—Por que? Por que me facedes isto?

—Por... Por...

O 4x4 saltaba sobre o camiño irregular e rochoso, os dous viámonos abaneados coma se viaxásemos no interior dunha cocteleira. Carla non se volvera cara a

207

min en ningún momento e eu preguntábame se podía ver ben, en plena noite, con aqueles lentes escuros.

—... Porque levaches a Nines, por que ía ser! –exclamou de súpeto–. Todos andaban atrás dela. Todos eran candidatos para levala á cama. Mesmo cando empezastes a saír e andabades a bicarvos, facían apostas, «aínda estamos a tempo, aínda non se deitou con el...». E cando correu a noticia de que a Fin de Ano pasada o fixerades, que o conseguiras, algúns trabaron nos pulsos coa rabia, e dixeron: «Flanagan vainas pagar! Non lle vai saír de balde!» E iso foi o que pasou.

—Sodes uns porcos –dixen con desprezo absoluto que pretendía ser coma un coitelo-. Sodes uns cabróns.

Carla calaba.

Era unha casa agachada entre as árbores, cunha verxa aberta que, na escuridade, parecía demasiado grande, demasiado pesada e enferruxada, e accedemos a un xardín que resultaba máis salvaxe có bosque que rodeaba a propiedade. O edificio era un bloque negro, macizo, cunha torre alta, que se recortaba contra o ceo nocturno. Alí reinaba unha quietude ameazadora. Imaxinaba toda a panda de gamberros agachados detrás das árbores. E tiña medo. Estaba entalado polo medo, co tirarroias cargado na man, seguro de que cando o primeiro deles notase a lategada na perna e berrase, os demais liscaban batendo cos pés no cu.

O Grand Cherokee parou.

E, naquel momento, cando eu estaba máis atento á selva que nos rodeaba, guichando as sombras daquel xardín tenebroso, atacáronme.

Pilláronme coma un parviño, como xa me sorprenderan Carla e Nines aí atrás.

Atacoume alguén que viaxaba agachado no asento de atrás. Unha presenza repentina, que saltou coma un moneco de resorte de caixa sorpresa, e eu berrrei: «Ah!», e tiña o brazo levantado, suxeitando o tirador, ofrecéndolle o ombreiro a calquera que tivese unha hipodérmica preparada, e notei a picada da agulla e o bater denso e quente do líquido que se incorporaba ao meu rego sanguíneo. Volvinme cara ao atacante e quixen disparar a bóla, fíxeno inconscientemente e sen pensar que podía matar alguén, mais un volantazo arrincoume a arma da man sen contemplacións. E pensei: «Isto non é só unha broma, os que só che queren gastar unha broma non se comportan deste xeito...»

Oía de lonxe os berros de Carla.

—Pero que fixeches? Que lle fixeches? Non quedaramos en que...?

O atacante levaba gorra, lentes negros e barba postiza.

—Ábrete, Carla –dixo–. Non me toques os collóns.

Eu non tiña palabras. A indignación e a sorpresa paralizábanme. Apertaba o brazo coa man dereita e miraba, miraba e xuraba entre dentes. Antes de que puidese reaccionar, o atacante baixara do coche. Agora abría a porta do meu lado. Mandeille unha puñada coa dereita ao mesmo tempo que saltaba sobre el. Naquel momento, deime de conta de que a droga que me inxectaran estaba facendo efecto. A puñada era branda e non chegou a tocar o rostro que buscaba. O home disfrazado esquivoume con moita facilidade. E aínda tiven sorte de que me agarrase do brazo, porque, de non ser por el, parto o nariz contra o chan.

—Pero que lle ides facer? –preguntaba Carla con voz aguda. Agora xa non tiña o soniquete ridículo, a partir daquel momento sería capaz de determinar cando facía teatro e cando estaba asustada de verdade. Tarde de máis.

—Esquécete de nós, Carla. Esquécenos. E pensa que, ocorra o que ocorra, se isto sae á luz, ti serás cómplice. Por exemplo, ti alugaches o Cherokee...

Creo que eu estaba dicindo: «Sodes uns cabróns, sodes uns cabróns» e «Que queredes?, moi asustado. Intentaba poñerme en pé, notando as pernas de goma, e tiña a vaga sospeita de que xa me fixeran o que querían facerme, que me mataran, que me inxectaran un veleno mortal e que aqueles eran os últimos instantes da miña vida.

—Pero quedaramos en que... Vós dixerádesnos que... Hostia! Puxécheslle unha inxección! Puxécheslle unha inxección!

—Marcha dunha puta vez!

Eu nunca sentira tanto medo. Nin perdido no medio do mar. Nin cando me encanonaran cunha pistola. Nin colgado dunha cornixa dun oitavo piso. Nin no medio dun incendio.

Morrín morto de medo e, o que é peor, pensando que Nines se cadra estaba implicada no meu asasinato.

Capítulo 9

1

CREO que empecei a espertar cando a auga me chegou aos xenitais. Estaba todo moi escuro, porque tiña os ollos pechados, mais non podía estar morto porque me doía moito a cabeza. Como se o cerebro se me comprimise, ata adquirir o tamaño dunha noz, e agora empezara a recuperar o seu tamaño normal, a sacudidas, latexando, pom, pom, pom, un pouco máis grande, pom, pom, pom. Como doía. E que frío. A auga estaba fría, estaba xeada a auga, seguramente procedente dunha cisterna enterrada. E doíanme os brazos porque os tiña levantados, as mans unidas, e a cabeza trincada entre os dous bíceps. E o corpo apoiado na parede e a auga ata o ventre. E sentía as mans inchadas, como se todo o sangue se concentrase nelas, e entón abrín os ollos e un resplandor inmenso, a luz branca da que falan os moribundos fíxomos pechar outravolta.

Que dor de cabeza. Os globos oculares estaban a piques de saír disparados como tapóns de cava.

E que medo. De súpeto, tiven un calafrío ao pensar que aínda non me mataran e que estaban a piques de facelo.

A auga chegábame case ata o peito. Oíase, lonxe, o chafariz xeneroso, abundante, con rumor de fervenza, que ía alimentando a masa que me envolvía. E tamén se oían gargalladas. Gargalladas e unha voz masculina que dicía: «Xa esperta, xa esperta!»

A peor resaca da miña vida. Pero tiña que abrir os ollos, non me quedaba máis remedio. Aínda non morrera e tiña que entender o que estaba pasando. Azulexos, alicatado azul ao meu redor. E as mans atadas polos pulsos ao último chanzo dunha escaleira metálica. Unha escaleira metálica que ascendía ata o bordo da piscina. Unha piscina medio chea. Que se ía enchendo.

Entón entendín unha parte do que me pasaba, e dei un berro e incorporeime como puiden, chapuzando na auga, patexando e esvarando no fondo. Caín, quedei colgado coma un lacón, pugnei de novo e por fin xa estaba en pé, berrando incoherencias (non me preguntedes que dicía porque non o sei) e oíndo aí arriba, lonxe, as gargalladas do meu público agradecido.

Agora, de pé, a auga chegábame á metade da coxa e as mans quedábanme, atadas, á altura do peito. Fixeime que estaban atadas con cordóns de coiro, dos que se usan para anoar os zapatos eses, os náuticos. Estaba na parte máis profunda dunha piscina baleira. Unha piscina baleira que se ía enchendo. Ao outro extremo, un foco convertía a noite en día e cegábame. Detrás do foco había xente. Homes que rían. Escachaban coa risa.

—Oíches, Flanagan! –unha voz–. Perdóame o tópico, pero –a voz fíxose máis grave– seica chegaches á fin da túa viaxe!

—É que estamos vivindo un tópico! –dixo a voz masculina–. E temos que falar con tópicos! –Impostando a voz con intención paródica–: Desta non saes vivo, Flanagan!

E un terceiro:

—Desta volta... Desta volta deches co zapato que cha fai!

Arredemo, aquilo si que lles fixo graza. Esmendrellábanse de risa. Era o melloriño da noite.

—Deches co zapato que cha fai! É boísimo! Estaban cheos.

—Eh, que non pode vernos! Non sabe quen somos!

—Recoñécesnos, Flanagan?

—Sabes quen somos?

—O foco cégao!

—Ímonos achegar, para que nos vexa!

Saltaron á piscina, á parte menos profunda, e achegáronse a min, situándose diante do foco para que puidese verlles as caras. Un escorregou e caeu e eu fun o único que non o considerou cómico. Mollou os pantalóns de marca.

—Eh, a auga está fría de carai!

—Oi, a señorita vaise arrefriar!

Os dous irmáns Brotons. Gustavo, pequenote, rubio, cheo de pencas, puro nervio, os ollos inxectados en sangue. E Adolfo, alto e delgado coma un fuso. Coñecérao con bigote mais agora levaba unha barba minuciosamente recortada, como a de Hilario. Onde estaría Hilario? E aqueles dous non tiñan que estar no caldeiro? Era unha pregunta retórica: xa se vía que non estaban na cadea, porque, xa se sabe, os ricos poden pagar avogados carísimos e fianzas millonarias, e págao papá, porque, imaxina, o rapaz na cadea, tan novo, e é entrar por unha porta e saír pola outra; vaia, non sei, non quero criticar a ninguén, pero o caso é que os Brotons deberían estar no cárcere e non estaban, tíñaos alí, diante dos buzos, nunha piscina que se ía enchendo. E rían.

—Oíches, Flanagan? Lémbraste de nós?

E, ademais, estaba o terceiro personaxe. Aquel enmascarado con lentes escuros, e gorro e barba postiza. O cabrón que esperara a que espertase para darme unha sorpresiña. Ao mellor cría que me faría ilusión, o fillo da súa nai, ao mellor cría que lle aplaudiría. Quitou as gafas e tiña os ollos claros, e arrincou a barba e ía perfectamente afeitado, e desprendeuse da gorra e tiña o pelo moi louro, que parecía tinxido de louro platino, pero non, eu sabía que era louro branco natural. O guapo da panda, o que sempre estaba de volta de todo. Eu coñecérao co nome de Ricardoafonso e despois dixéranme que se chamaba Erreá. O cabrito que pretendía ser o mozo de Nines e que se supuña que estaba viaxando a doucentos corenta por hora, nun Bentley, rumbo ao Cabo Norte. De súpeto era como se se alumease outro foco, iluminando e enchendo de sentido unha escena do pasado recente. Aquel «temoz que enzinarllo a Erreá!» na festa dos peras de Tito Remojón, que non reparara en que eu estaba alí, e a confusión que demostrou despois o Sopas, e os reflexos de Hilario ao inventar o primeiro que se lle ocorreu para situar a Erreá a moitos quilómetros de distancia, a carreira clandestina da que falaran os xornais e a televisión o día anterior. Porque eles só eran os sicarios: as ordes e a organización procedían de Erreá. E a primeira orde fora impedir que ou Nines ou eu soubésemos que Erreá estaba en Barcelona, para evitar que sospeitásemos del tan logo como empezase a montaxe.

—Flanagan –dixo Erreá, moi serio–. Ti estás moi enganado. Ti liches tantas novelas de policías e ladróns que cres que sempre gañan os bos, e iso está ben, sempre foi o correcto. O que pasa é que o concepto de «bos» cambiou, meu amigo. Hoxe en día os bos somos nós. Os que gañamos. Non oíches dicir que hoxe en día hai que ser egoísta, Flanagan? Non oíches dicir que o poder só se mide polos cartos que se teñen? Os ricos somos os que mandamos e diriximos o progreso, Flanagan. Iso é o que di a miña relixión, que é a que impera no mundo de hoxe. Os pobres, os que non queren traballar, os que prefiren a vida contemplativa ou gozar do lecer ou son tan xenerosos que reparten as súas riquezas e quedan sen nada, vaia, son moi libres de facelo, non hai problema, mais serán e son pobres porque queren e, Flanagan, síntoo pero son os perdedores. E ti serás sempre o pobre, Flanagan, e mais o perdedor. E neste xogo, Flanagan, o perdedor morre.

Como me doía a cabeza. Que me inxectarían?

Acreditei no que dicía. Pareceravos melodramático e teatral, pero crino, non tiven nin por un momento a esperanza de que aquilo fose un farol; e non pensei que me liberarían cando estivese a piques de afogar e cagado de medo. Pasoume pola cabeza implorar que me soltasen, suplicarlles e humillarme, pero non era capaz de rebaixarme. Non me atrevía a preguntar que pretendían, porque me parecía unha pregunta covarde, a que faría a vítima dunha película de terror.

Lin demasiados libros, como dicía Erreá e interiori-cei demasiado o código do heroe convencional e son incapaz de facer certas cousas, sobre todo se me dou de conta de que o único que conseguiría facéndoo sería proporcionarlles pracer aos meus torturadores. O pro-tagonista, nunha situación así, ten que deducir, adivi-ñar e preguntarse a maneira de saír do problema. Aquela era unha situación tópica, como eles mesmos dicían. Ou non, porque o que o xustificaba todo era precisamente a vinganza, e a vinganza realizada ao cen por cen esixe que quen a sofre se comporte como se espera del, e evidencie a derrota; non vale unha puñada nas costas, nin un disparo dende un quilómetro de distancia con mira telescópica. Se o inimigo morre sen saber que foi vencido, se non choromica, nin implora nin se humilla diante do vingador, onde está a graza?

Ou sexa, que traguei as bágoas e os saloucos e alcei a voz para preguntar:

—E todo isto só porque Nines me elixiu a min?

A rabia deformoulle o rostro. Dedicoume un insulto horroroso, que implicaba á miña nai.

—Porque quedaches con Nines, e porque nos mandaches ao trullo, e porque pechaches os nosos amigos nun ascensor e cagaron por eles, e porque es un crido. Temos demasiadas contas pendentes como para soltarte agora, Flanagan!

O amigo Hilario Farriols, fillo do xinecólogo de Nines, debeu ser o que deu a mala noticia. Curioseara a ficha da rapaza no arquivo do seu pai, e podía certificar non só que Nines xa tivera relacións sexuais (co odiado Flanagan, ese mamalón chegado dos barrios baixos que se dá tanta importancia), senón tamén unha serie de detalles substanciosos sobre a súa anatomía.

—Non abondaba con mandarme a Carla, e os anónimos, e as fotos para darme celos e sementar a cizaña entre Nines e mais eu?

—Non, non abondaba. E ti sábelo.

—A ela tamén lle mandastes fotos trucadas?

—Pasámolo moi ben facéndoas. As dela eran máis finas. Ela viu fotos onde ti estabas bailando con Carla nunha verbena popular. E ti viches o que viches. E así puteásmoste un pouco, e fixémosche dubidar de Nines, e distanciámola de ti, e ao mellor cando non

aparezas por ningures xa non se preocupará tanto...
Ben, tanto ten, Nines xa só nos interesa para outras
cousas. Está tocada, está luxada, luxáchela ti. E, vaia,
con aquel xogo non chegariamos a ningures. Máis tar-
de ou máis cedo, habiades de amosarvos as fotos e des-
cubririades as trucaxes...

—Trucaxes malas.

—Ou sexa, que agora, inevitablemente, vén a parte
máis interesante! Agora vas saber o que é bo.

Retirábanse cara á parte menos fonda, saían da pis-
cina porque a auga xa me chegaba á barriga e notábana
fría.

Atáranme as mans con cordóns de coiro que non
racharían nunca esfregándoos contra o bordo do chan-
zo metálico. Unha corda de esparto ou uns cordóns de
algodón poderían esfiañarse, se me empeñara, cun
pouco de paciencia acabaríanse cortando, pero aquilo
non, alí non había nada que puidese esfiañarse, o coiro
é duro.

—E sabes por que outro motivo estás nesta situa-
ción, Flanagan? —tomou o relevo Gustavo Brotons,
máis acougado. Enfatizou—: Aburriámonos, Flanagan!
No trullo, oíches? Alí apréndense cousas malas. Dema-
siado tempo sen facer nada e preguntándonos quen
tiña a culpa de que estivésemos alí, demasiado tempo
preguntándonos que poderiamos facer para vingarnos
de ti, Flanagan. E agora chegou o gran momento.

Custoume un pouco dicilo, mais díxeno, así sen
máis:

—E ides soterrarme no bosque?

—Imos, si. Pero antes, imos gravar a túa morte. Ti
non podes velo, pero aquí temos unha cámara de
vídeo que inmortalizará os teus derradeiros momentos.
Un espectáculo para levantar a espiñela.

—E un día –dixen–, virá a policía e atopará a cinta e habédelo de pagar.

—... Pero ti non vas estar aquí, Flanagan! –berrou o outro Brotons.

Erreá continuou desafiante:

—Por que ía vir buscarme a min a policía, Flanagan?

—... Viñestes recollerme co Grand Cherokee de Hilario...

—Non é o coche de Hilario. Hilario non tivo nunca un Grand Cherokee, Flanagan. Alugouno Carla e cambiámoslle a matrícula. Se alguén do teu barrio se preocupou de reter a matrícula 4x4, Flanagan, non chegará a nada. Matrícula falsa. E sabes en que fai pensar unha matrícula falsa, Flanagan? En terroristas. Terroristas islámicos!

As chamadas anónimas e as pintadas foran cousa súa. Quizais ao primeiro só tiñan en mente o das fotos pornos para atormentarme e facerme dubidar de Nines, pero o día que me mandaron a Carla, ela oíunos a Lahoz e mais a min falando de árabes, e de Alí e de Omar, e iso alimentoulles a imaxinación. E o segundo día que me viñeron a buscar xa o fixeron co Grand Cherokee alugado e coa matrícula falsa. E Hilario disfrazado con aquela gorra e a cazadora de coiro (coa calor que ía!) e as rapazas agachadas detrás (unha broma). Un 4x4 sospeitoso conducido por un home sospeitoso. E conseguiran convencer ao meu pai de que o terrorismo islámico me ameazaba. E aquela mesma tarde os meus pais víranme marchar naquel mesmo Grand Cherokee. Se eu desaparecía, os meus pais non dubidarían en falar dos anónimos e as pintadas en árabe. E Lahoz, o meu amigo detective? Colaboraría coa policía agora que sabía que o seu cliente, Gironés, andaba buscando a Alí para matalo? Ou simplemente aceptaría a posibilidade de que, infiltrándome no ambiente dos magrebís por un caso sen importancia, batería cun grupo perigoso (terroristas ou traficantes de inmigrantes ou de droga) que me fixera desaparecer? E os meus amigos policías? Que sabían? Que lles preguntara polo fillo dun chourizo desaparecido e que todo aquilo estaba relacionado cunha rede de peristas e ladróns de xoias, capaces de matar, como mataran a Faruq. E, ademais, eu recuperara as xoias Almirall de mans duns malfeitores, e era tamén o confidente que conducira á detención de Gironés e de Martínez. O caso é que xa había tempo que andaba a buscala. No país da Palmeira, aquela da xoiería, xa levaría días morto.

Á marxe disto, por riba de todo, supoño que Erreá e os irmáns Brotons confiaban en que poderían resolver calquera problema improvisando. Sentíanse omnipotentes. Eran ricos, guapos, cultos, tiñan estudos, e pais e avogados que lles solucionaban os problemas máis difíciles. Entraran no cárcere e os cartos facilitáranlles a saída. Eran deuses, inocentes aínda que se demostrase o contrario, por riba da lei, da autoridade e de todo tipo de xustiza. Indignado, non puiden evitar comparalos cos magrebís da rúa, os aprendices de ladróns que se sabían por debaixo da xustiza, culpables aínda que se demostrase o contrario, excluídos da sociedade, inexistentes porque non tiñan documentos identificativos. Estes eran como animais loitando na xungla do asfalto. Os outros, aquela banda de peras, eran monstros que atacaban por capricho, sen máis necesidade que a causada por sentimentos de envexa e de odio, convencidos de que calquera medio era lícito para eliminar a competencia e saíren gañadores, porque, como eles mesmos dicían, non había nada peor que ser perdedor.

Se eu levaba a Nines, eles perdían. Se eu morría, eles gañaban, e iso era o máis importante.

O único importante.

E, ademais, excitante. Un antídoto contra o aburrimento de quen ten todo o que se pode mercar e necesita emocións fortes.

A auga xa me chegaba ata os cóbados, catro dedos por debaixo das mans atadas á escaleira, e a cabeza doíame tanto que non podía pensar.

Decidín que quería perdelos de vista. Non quería oílos nin velos nunca máis. Que me deixaran só. Quería morrer na máis estrita intimidade. Porque é ben sabido que os heroes só poden escapar de situacións así cando os malos os deixan sós. E, por se acaso non estaba entre os proxectos de Erreá e os Brotons ir dar unha volta mentres eu afogaba, escorrenteinos a base de insultos.

Empecei coas tradicionais referencias ás nais, mulleres, pais e tendencias sexuais. Todo moi pouco politicamente correcto, son consciente diso, pero asegúrovos que naquel momento a corrección política era a última das miñas preocupacións. A seguir, pasei ao catálogo referente ao seu coeficiente intelectual. Curiosamente eses foron os insultos que empezaron a facer efecto. Unha vez esgotada a lista dos máis coñecidos, púxeme imaxinativo. Xa me fixera unha idea de por onde tiñan a liña de flotación e dediqueime a torpedear por baixo. Non entrarei en detalles, pero teño que recoñecer que me lucín. E non só era o que dicía, senón tamén como o dicía, con aquela carraxe e aquel desprezo que convertían as palabras en dardos dolorosos. Ao primeiro, rían e burlábanse, compadecíanse,

220

como se estivesen moi seguros da súa capacidade de resistencia. Mais non é doado aturar unha restra de improperios que ameaza con facerse eterna. Dálle demasiada autoridade e importancia ao que berra e rebaixa e humilla ao que cala. Cando toquei o tema das experiencias sexuais que se daban por supostas na cadea e o que debían de estar pensando as súas nais e as súas mozas, ou cando volvín insistir na estupidez e na súa envexa da miña superioridade, fóronse irritando e retorcendo e, de súpeto, Brotons, o rubio puro nervio e máis inclinado a ter un mal beber, xa me quería facer calar a puñadas e faríao se non tivese que botarse á auga e se os outros dous non o suxeitasen e forcexasen con el.

—Pártolle a boca...!

—Non lle fagas caso, home.

—Que cale! Facédeo calar!

—Pasa de todo. De aquí a un pouco xa non poderá dicir nada.

—Mátoo! Mátoo!

—Si, home, si. Iso é precisamente o que estamos facendo.

Se non, facemos outra cousa. Erreá era máis revirado có homicida:

—Veña, imos xogar un pouco con Nines, que está drogada, alí dentro —dixo co sorriso de quen descarga o golpe definitivo—. Entrementres, imos mirando pola tele como bebes a piscina, que para iso pasamos o choio de conectar a cámara. Ai, Flanagan. Permíteme un último tópico: escusas berrar. Aquí ninguén te pode oír.

Ha, ha.

Sabía que era mentira, sabía que non podían ter a Nines na casa, nin drogada nin sen drogar. Non espe-

221

rarían tanto para dicirmo. Pero, aínda así, conseguiron facerme enmudecer un intre.

E marcharon, aproveitando que, desta volta si, dixeran a última palabra.

Naturalmente, tan logo como desapareceron da miña vista esfreguei os cordóns de coiro contra o bordo do chanzo metálico, coa intención de cortalos, pero axiña me decatei de que era inútil.

Tamén agarrei a escaleira e empurreina con todas as miñas forzas cara arriba, para un lado e para o outro, a ver se podía arrincala, pero foi outro esforzo infrutuoso. E tamén sería doado de máis.

E a auga seguía a subir, agora xa chegaba ao chanzo, ás mans atadas e inchadas, e era fría e negra, e parecía mesta, sólida coma unha lápida.

2

Ocorréuseme que tiña as mans tan inchadas que podían rebentar. Imaxinei que as ataduras ían cinguíndose máis e máis aos pulsos e que as mans se me puñan azuladas e inchaban coma globos, ata que, pam, estoupaban e daquela podía liberarme, manicho pero vivo.

Esta imaxe delirante, produto do medo e da desesperación, tróuxome á cabeza recordos da infancia, de cando me gustaban as películas de vaqueiros e xogaba con figuriñas de plástico que representaban indios de soldados do Sétimo de Cabalería. E, de súpeto, veume á cabeza algo relacionado con tiras de coiro no *Far West*.

Non lembraba exactamente en que película ou en que libro, pero falaba dunha tortura que polo visto os indios lles aplicaban aos seus prisioneiros brancos. Probablemente, era unha idea dos brancos, e despois atribuíanlles aos inimigos o que eles facían (como, por exemplo, o de arrincar as cabeleiras, que o facían os colonos porque o exército lles pagaba unha cantidade por cabeleira de indio presentada), pero naquel momento iso non tiña moita importancia. Só tiña presente que puñan unha tira de coiro arredor da cabeza dos prisioneiros e que, de alí a unhas horas de agonía e tormento, o prisioneiro morría. Como era aquilo?

Ai, si! O perigo e a angustia estimulan a intelixencia, abofé. A adrenalina invade o sangue, que corre a máis velocidade e esperta as neuronas durmidas pola rutina, soan sirenas de alarma no cerebro, hai mobilización xeral e ves máis claro, moito máis claro.

Os malos ataban a tira de coiro mollada ao redor da fronte do prisioneiro, porque o coiro, mollado, é moi flexible. Tan flexible que, a medida que secaba, ía encollendo e encollendo, e comprimía e comprimía o cranio ata fender os ósos. Aquilo, para min, só tiña un significado: que a tira de coiro mollada é suma, oportuna e milagrosamente flexible!

Polo tanto, só era cuestión de paciencia. Esperar a que a auga chegase á altura dos pulsos, que xa chegase, e fose mollando a tira de coiro, que xa se mollaba e remollaba. A mesma auga fría que servía para mitigar as mans inchadas, ía amolecendo a presión da tira.

A auga subía e subía, é certo, e teño que confesar que tela á altura do pescozo, do queixo, non contribuía precisamente a calmarme os nervios, nin a tomalo con filosofía, mais depositei toda a miña confianza naquel fenómeno físico e, movendo amodo os dedos e turrando pouco a pouco das miñas ataduras, quixen crer que tiña a salvación ao meu alcance.

Era consciente de que unha cámara me estaba observando e, polo tanto, que posiblemente os meus torturadores estarían gozando coas miñas dificultades na pantalla do televisor, de maneira de lles dei o gusto de mergullarme e facer tempo debaixo da auga, abrindo e pechando os dedos e turrando das miñas ataduras. A felicidade de comprobar que, efectivamente, eran flexibles, e cada vez máis, dábame forzas e euforia para aguantar o que fose.

Fixen un pouco de teatro. Mergullábame e sacaba a cabeza con expresión de espanto. Agarrábame á escaleira e intentaba flotar mantendo a cabeza por riba das mans atadas, ocultas na auga. Pero, ao mesmo tempo, xuntaba os dedos e convertía as mans nun fuso puntiagudo e turraba e turraba, experimentando o pracer embriagador de comprobar que o coiro cedía, e cedía, e de súpeto a man dereita liberouse, e o voso amigo Flanagan, o famoso detective perralleiro, mergullouse e, reprimindo as ganas de cantar e rir e cantar (porque non é prudente facer estas cousas debaixo da auga), buceou, buceou e buceou cara á parte menos fonda da piscina. E, así que estiven alí, ás gatiñas, bracexando, chapuzando, alcancei a parede da piscina e terra firme. Se me estaban mirando, aquel era o momento en que saltarían das butacas e berrarían: «Que escapa!», e virían detrás miña. Se cadra xa se levantaran ao verme desaparecer debaixo da auga para achegarse a comprobar se o meu cadáver era dos que flotaban ou dos que afundían, e, se era así, aínda disporía de menos tempo.

O caso é que tiña que correr, tiña que correr...

Estaba pasando entre o trípode que suxeitaba a minúscula cámara de vídeo e o trípode do foco, cando unha voz tan poderosa como tranquila, caeu sobre min coma unha gadoupa:

—Ei, rapaces, mirade, Flanagan, desatouse!

E, outra, diante de min:

—Ese rapaz é listo coma a pementa.

E a terceira:

—Oi, que lata, temos que atalo outra vez!, ha, ha.

Tíñanme rodeado.

A rabia, e o medo, e o desánimo apoderáronse de min. Mollado, medio afogado, dorido e humillado, non estaba disposto a que me sometesen outra vez á mesma tortura. Nun recanto do meu cerebro, a miña inxenuidade insistiu en que quizais non querían deixarme morrer, despois de todo, pero non pensaba darme unha segunda oportunidade de comprobalo. Ca. Deixeino claro berrando un «non» que eu describiría como enérxico e esgazador, e apodereime do trípode da cámara e utiliceino como arma defensiva, varrendo o aire por diante de min, onde de súpeto aparecera Adolfo Brotons. El saltaba cara atrás e eu avanzaba disposto a partirlle a cara co vídeo. Pasos que se achegaban por detrás. Dei a volta e batín con Erreá que xa estaba a piques de collerme, pero outras mans chegaron ata min e púxenme a berrar coma un tolo porque o medo xa me superaba. Emitín urros animais mentres eles me suxeitaban cada vez con máis forza, e sentín un golpe nos riles, e outro que me buscaba a cara...

Todas as miñas forzas quedaran no fondo da piscina e a Flanagan, inmobilizado e aterrorizado, xa non lle quedaba máis que chorar. Que vergonza, que aqueles tres cabróns me visen chorar.

3

O Sétimo de Cabalería nunca era puntual. Sempre chegaba cando xa morrera unha terceira parte do destacamento, cando só sobrevivía a parella protagonista e o amigo do bo xa espichara, como é de rigor. Que lles custaba aos guionistas facer que o toque de corneta salvadora se oíse media hora antes, cando os indios aínda non dispararan a primeira frecha? Que llo preguntasen aos mortos da primeira descarga de frechas, se o Sétimo chegaba a tempo.

Exactamente como ocorreu no meu caso. Nines, Hilario, Charcheneguer e a policía poderían chegar antes ca aqueles imbéciles me metesen na piscina, ou antes de que a auga me chegase á boca, ou antes de que me agarrasen entre os tres e empezasen a mallar en min. En todo caso, chegaban tarde porque eu xa empezara a chorar.

Iso si, aquel pranto converteuse en sangue nos meus ollos, e agreoume o sangue das veas, e sacudiume coma unha descarga eléctrica e, tan axiña como me vin libre das mans que me suxeitaban, disparei os puños como se me animase o propósito de atravesar os corpos que mallaban, como se pretendese esmagar as cabezas contra os que bateron, rompendo cranios coma quen xoga a romper a onda. Plaf, e ciscar de materias líquidas e semilíquidas. Perdoade que me exprese así, pero é a única maneira de aproximármonos un pouco ao meu estado de ánimo naquel momento, e en todo caso, xustificarémolo como un exemplo de que a violencia xera violencia e de que, polo tanto, a violencia é mala.

Cando o conto nas festas de sociedade adoito dicir que, nun segundo, lle rompín o nariz a un, convertín en eunuco a outro e provoqueille unha miopía dunha ducia de dioptrías ao terceiro. Para sermos sinceros e máis precisos, non podo asegurar que os efectos dos meus golpes fosen tan terribles nin duradoiros, pero si que é verdade que os tres peras torturadores acabaron polo chan e a min tiveron que suxeitarme, berrándome

226

e mirándome moi preto e, ao final, mandarme un par de labazadas para que me puxese quieto.

Entón, pestanexei e enchín os pulmóns cunha bocalada refrescante e deime de conta de que Hilario, Nines e Charcheneguer estaban comigo. E quizais teña que aceptar que tiveron máis participación na pelexa da que eu pensara.

Escapoume a risa.

Malia chegar cando case era demasiado tarde, escapoume a risa.

Que facían Hilario, Charcheneguer e Nines alí?

—E vós que facedes aquí?

E, cando abrazaba con forza a Nines, por riba do seu ombreiro vin a De la Peña e mais a Talbot baixando dun coche con aire de policías todos cheos de autoridade.

Que estaba pasando? De onde saían?

Eu non podía deixar de rir. Non sei se era de alivio ou de histeria. Probablemente, unha mestura das dúas cousas.

Non podía concentrarme exactamente nas explicacións de Nines, mais comprendín que ela fixera soar a sirena de alarma cando conectara o teléfono móbil e oíra a miña mensaxe.

Hilario fora buscala para levala a non sei que sitio, con non sei que escusa. Algo relacionado coas miñas supostas infidelidades, das que querían convencela cun lavado de cerebro sistemático dende o día da verbena, cando alguén desatara o veleiro *Amigo* do seu amarre para atraela a Sant Pau e influíra para que non puidese pasar a noite comigo. Mentres ían no Mercedes descapotable cara a un destino descoñecido, a ela ocorréuselle comprobar se tiña mensaxes no móbil e oíu a miña voz:

227

—Nines, un dos teus amigos peras é un cabrón! É o fillo do teu xinecólogo, estou seguro! Aposto o que queiras a que Hilario é fillo do teu xinecólogo! E por que é tan importante este descubrimento? Ben: pregúntallo a el! Se o tes preto, pregúntalle por que me manda anónimos contándome cousas íntimas túas que só puido sacar da ficha médica do seu pai... Pregúntalle polas fotos que mandou! Montaxes fotográficas! Aposto o que queiras a que a ti tamén che amosou montaxes nas que eu era o protagonista! Posiblemente Carla e mais eu!

Exacto. A frecha vibrante, cravada no centro da diana.

A ela amosáranlle fotos nas que estaba bailando con Carla durante a verbena. Unha montaxe de dubidosa calidade con fotografías que nos sacara Hilario dende o Mercedes CLK 55 AMC o primeiro día, diante do bar, e fotografías dunha verbena popular, como puiden comprobar ao velas. E dixéronlle que eu ía aireando segredos referentes ao seu aparato xenital. Porque, se non era así, como podía saber Carla certos detalles? Recoiro, naquel momento a Nines caeulle a venda dos ollos. Hilario Farriols, claro que si, era o fillo do famoso doutor Farriols. En ocasións, cremos con moita facilidade aquilo que tememos que sexa verdade, e o medo a que sexa verdade impídenos ver claro ao noso arredor.

Nines volveuse cara a Hilario que, ó volante do seu Mercedes, puidera escoitar perfectamente a miña mensaxe e quedara pampo.

Axiña chegaron as preguntas indignadas dela e as confusas explicacións del.

—Eu non sei... A min dixéronme... Só era unha broma...

—Onde me levas?

—É que dixo que...

—Quen che dixo?

Hilario non quería contestar a esa pregunta. Nines tivo que repetila unhas cantas veces. As dúas últimas veces, repetiuna ao mesmo tempo que apertaba con forza os órganos sexuais do seu compañeiro. E el acabou dicindo:

—Ai! Erreá! Ai!

—Mentira! Erreá está naquela carreira idiota!

—Non! Xúrocho! Leva dúas semanas en Barcelona!

Nines sentiuse invadida por unha especie de conxelación galopante.

—Onde está? Que pretendedes? Quero ver a Erreá! Que está argallando? De que vai todo isto?

Hilario non o sabía. Honradamente, tiña que dicir que o utilizaran. El só sabía que se trataba de castigar a Flanagan por levar a Nines e gastarlles unha broma pesada aos dous, provocar os seus celos e poñer a proba a súa fidelidade mutua, precipitar unha ruptura, nada máis. Un divertido xogo de disfraces e de coches con matrícula falsa para matar o aburrimento. Unha putada para min pero, á fin e ao cabo, no xogo do amor valen todas as armas (debía de pensar el), e despois de todo, Erreá era amigo seu, e eu non. Talvez Carla sabía algo máis.

Cando Nines e Hilario conseguiron falar con Carla, decatáronse de que as cousas non levaban bo rumbo. Estaba moi asustada, tiña medo de que Erreá e os Brotons fixeran algunha barrabasada na que ela se vería irremisiblemente implicada. Convencérona de que me levase ata a casa do bosque, falándolle doutra das súas bromas pesadas pero relativamente inofensivas; mais cando ela viu que Erreá me inxectaba algo coa hipodérmica comprendeu que aquilo de broma, nada. E a actitude de Erreá, cando ela protestou e lle pediu explicacións, confirmábao.

Sabía onde me levaran e indicoullo.

Nines chamou inmediatamente aos meus amigos policías da comisaría do barrio.

—Flanagan pode estar en perigo.

Ben. Aquilo explicaba a chegada providencial de Nines, Hilario e a policía. Pero Charcheneguer?

Charche contoume o final da súa aventura moito despois, cando xa estabamos sentados nun sofá da casa de Nines, tomando unha laranxada natural con cubos de laranxada natural que lle fixeron moita graza ao meu amigo.

4

Tivo que pasar un bo cacho antes de que os policías me chamasen á parte para explicarme por que viñeran.

Recibiran a chamada de Nines pedindo axuda, mais non era só por iso. Ben, eles empezaron dicindo que si, que viñeran porque eran amigos meus e estaban moi preocupados pola miña seguridade, pero eu sabía que aquilo non era certo, non podía selo. A policía ten demasiado traballo como para ocuparse dun mozo que xoga a detectives e que ten non se sabe moi ben qué conta pendente cuns fillos de papá un pouco trastes. Non, a policía móvese por cousas máis serias, e eu axiña o imaxinei e eles sacáronme de dúbidas cando De La Peña dixo, con aquel ton característico: «Por certo, Flanagan, podes vir un momento? Teño que facerche unhas preguntas...» e interpretei a mirada de intelixencia que intercambiaban.

—Grazas a ti –dixo Talbot–, detivemos os ladróns que entraron na casa da actriz famosa e roubaron o tesouro Almirall.

—Ah, si?

Aínda non remataran.

—Si. Gironés cantou.

—E comprobamos que un dos ladróns é o asasino de Faruq.

—Vaia –dixen–. Alégrome moito.

Aquilo só foran os prolegómenos da noticia principal. A que eu temía.

—E hoxe, antes de comer, chámasnos para dicirnos que vaiamos rexistrar o vertedeiro dos mouros. Tendo en conta os antecedentes, decidimos facerche caso, aínda que non nos deras outra explicación –Talbot fixo unha pausa para preparar o golpe de efecto-: E fomos alí e atopamos un cadáver.

—Omar Hiyyara.

Quizais fose o efecto da droga, pero xuraría que me miraban con certa veneración mal disimulada.

—Como sabías que o asasinaron?

—Non, non o sabía seguro. Seino agora.

—Atopamos o seu corpo. Estaba semienterrado no vertedeiro que ti nos dixeches que rexistrásemos. Calculamos que o mataron hai unha semana e media.

—O domingo día quince –dixen eu.

—Se sabes tantas cousas, tamén saberás quen o matou.

—Eu?

—Estaba contigo cando atopaches as xoias Almirall. Dixeches que lle chamarías Pedro, ou Pablo. El dixo que, se non o obedecías, metíate a navalla polo nariz ata chegar ó cerebro.

—E que?

—A Omar Hiyyara cravánronlle unha navalla no nariz e parece que a punta chegoulle ao cerebro.

Abrín moito a boca. Enchín os pulmóns de osíxeno para combater un efecto devastador.

—Non... Non sei quen é... –resistinme.

—Chámase Karim Hawar. Sempre ía con aquel Faruq ao que mataron diante da xoiería do Poble Sec. Roubou as xoias Almirall da tenda de ultramarinos de Gironés e deixou alí, como pista falsa, o documento que lle quitaran a Omar despois de matalo...

Claro. Karim e Faruq mataron a Omar. Por iso puideran quitarlle aquel documento da Seguridade Social que despois abandonaran na tenda de Gironés. Se o inculpaban do roubo, despistarían á policía facéndolles crer que o martes 17 aínda estaba vivo. Resucitar a Omar ata o martes 17 era fundamental para eles porque, se non, convertíanse nos últimos que o viran vivo. Saíndo xuntos dunha voda, xuntos e de mala uva, despois dunha discusión co pai da noiva en presenza de numerosas testemuñas, cara ao vertedeiro onde tiveron que deixar o seu cadáver. Levaron a cabo este roubo co fin de conseguir unha coartada para un asasinato e deron cun tesouro na tenda.

—Daquela...? –dixen. «Que queredes que vos diga, se xa o sabedes todo?»

—Onde podemos atopalo. Ti soubeches localizalo para que che amosase onde agachaba o botín do seu roubo, non? Pois agora somos nós quen temos que dar con el.

Expulsei aire e apartei a vista.

Demasiadas emocións e demasiadas responsabilidades nunha mala noite. Subitamente, deime de conta de que non quería dicirlles onde podían atopar a Karim. De sabelo, tampouco non llo dicía. Probablemente naquel momento non o formularía tan claramente como podo facelo agora, mais acababa de vivir a violencia gratuíta daqueles nenos de papá tolos que crían ter o dereito de exercer un poder ilimitado que lles outorgaran de pequenos e, ao lado daquela presenza criminal, parecíame venial a violencia de homes acurralados pola fame, a precariedade e a marxinación.

—Non teño nin idea.

—Veña, ho. Antes si e agora non?

Soportei estoicamente as miradas dos policías cravadas nos meus ollos.

—Xa volo dixen polo móbil: demostreille que estaba disposto a entregarllo á policía, quiteille o tesouro co cal pensaba que resolvería todos os problemas do resto da súa vida. En caso de que lle coñecesen un agocho secreto, podedes entender que despois do ocorrido non volvería alí de ningunha maneira, non? Ou é que pensades que teño algún tipo de pacto con el?

Mantiveron aínda a mirada inquisidora nos meus ollos e, por fin, ao ver que eu non pestanexaba, ou que pestanexaba exactamente da mesma maneira que o faría se non lles ocultara nada, desistiron do seu terceiro grao.

—Así que non tes nin idea? –dixo De la Peña, moi decepcionado.

—Nin idea.

—Era visto –apuntou Talbot.

Suspiraron resignados e dirixíronse cara aos peras que se incorporaban do chan a duras penas. Comunicáronlles que estaban detidos, recitáronlles os seus dereitos e esposáronos.

Eu indiqueilles que todo o que ocorrera estaba debida, imprudente e estupidamente gravado naquela cámara de vídeo que había no chan.

E, ao mesmo tempo, mentres lles estaba dicindo aquilo, os meus pensamentos actuaban pola súa conta e facíanme descubrir, horrorizado, que si sabía onde podían atopar a Karim e ao seu fillo. E ben que o sabía!

E tiña que apurar, se non quería que cometese outro asasinato!

5

Volver a Barcelona foi complicado. Eu non quería facelo no coche da policía, e non me quedou outro remedio que viaxar no Mercedes de Hilario. Nines, Hilario, Charcheneguer e mais eu. Pedinlles que, por favor, me levasen á casa de Nines. Coa máxima urxencia.

—Pero que che pasa?

—Que isto aínda non rematou.

—E logo que falta?

Non o dixen. Necesitaba silencio para reflexionar e para procesar as miñas sospeitas. Que me levasen á casa de Nines e non me fixesen máis preguntas. Unha vez alí, nunha rúa ancha, señorial e solitaria flanqueada por muros que rodeaban xardíns inmensos, prescindín de Hilario («Pódeste abrir») cun desprezo ostentoso, para facerlle entender que o utilizaramos como simple chofer. Nin grazas nin nada. Despotismo absoluto. Á merda. E aínda menos mal que non o denunciaramos como cómplice dos presidiarios torturadores. Veña, vai polo mundo.

—E agora? –Nines.

—E agora? –Charche.

—Non me gustaría ter que coller un taxi. O teu pai non terá un coche de sobras para prestárnolo un momentiño esta noite?

Nines mostrouse un pouco sorprendida.

—Un coche de sobras?

—Ten máis dun? –concretando.

—Ten.

—Pois xa lle sobra un. Precisámolo con urxencia.

—Pero eu aínda non teño carné –obxectou Nines.

—Non importa. Charche ten, non si, Charche?

—Ai, mimadriña –suspirou Nines.

Pouco despois viaxabamos nun Volvo familiar, Charche ao volante e Nines e mais eu no asento de atrás, collidos da man.

Eu fixera o aceno de poñerme diante, ao lado do condutor, pero Nines impedíramo.Tirárame da man e obrigárame a sentar atrás, ao seu carón. Deume un bico na boca e miroume co cello engurrado.

—Flanagan –dicía, para atraer a miña atención.

—Preguntaraste como é que Nines e mais eu chegamos xuntos, verdade, Flanagan? –preguntaba Charcheneguer, disposto a relatarme a súa odisea.

—Non –repliqueille–. Non mo pregunto, Charche, síntoo. Agora mesmo teño outras preocupacións.

E, para demostrarmo, indicáballe por onde quería que fose. Polo Cinto de Ronda, en dirección ao río. E el calaba e obedecía.

Nines falaba e falaba.

—Flanagan –insistía–, lembras o que aprendemos non hai moito? O que sempre nos prometiamos cando faciamos o amor? –recordábamo porque eu ía moi calado, como ausente, mirando fixamente e en tensión as rúas polas que paseabamos–. Falar, lémbralo? Prometémosnos que sempre falariamos, que nolo contariamos todo... –Silencio–. Non che parece que ultimamente falamos pouco?

Eu falaba, mais para indicarlle a Charche por onde debía saír do Cinto de Ronda.

—Non falamos dabondo –Nines, veña e dálle–. Esta xente puido enlearnos porque non falamos dabondo. Enganáronnos con Carla, e cos anónimos e coas fotos, porque non nolo contamos todo dende un principio. Eu enténdoo. A min pasoume. Aseguráronme que pasaras a verbena con Carla, e amosáronme as fotos, e despois vas ti e disme que non estiveches con Carla, e noto que hai equívocos entre os dous, que falabades con sobreentendidos, e desconfei. En lugar de pedir explicacións e esixir que me contases o que pasara, optei por calar. Supoño que porque parece que iso de pedir explicacións é pasarse. Como se me metese na túa vida sen ter ningún dereito a iso, coma se violase a túa intimidade ou algo polo estilo. Pensaba: «Non teño dereito, é libre de facer o que queira», e entón facíame mal sangue, tragaba o mal humor e as malas ideas que me ían consumindo por dentro. Entendo que a ti che pasara tres cuartos do mesmo porque eu experimenteino. Non é así, Flanagan? Fala, Flanagan. Di algo.

Xa sei que non é o que tiña que dicir. Escoitábaa e parecíame que estaba moi de acordo coas súas palabras, e sabía que era unha conversa fonda e interesante e que a miña resposta era transcendental, pero a miña atención dividíase entre a vida e a morte. A miña vida e a de Nines, a continuidade da nosa relación. E a morte do pequeno Alí.

—Fala, Flanagan.

E vou eu e dígolle:

—Agora sei por que perseguían ao Alí.

—Que?

—Perseguíano porque vira como Karim e Faruq mataban ao seu pai.

—Que estás dicindo?

—Isto explica que Alí desaparecese o domingo día 15 e non o martes 17, que é cando se cometeu o roubo. A Omar matárono o domingo día 15. O neno presenciouno e Karim e Faruq sabían que os viran e buscábano para impedir que llo contara á policía. Por iso se agachaba. Non se agachaba de Gironés, nin da policía, porque nin sequera sabía que o estivesen buscando, nin tampouco sabía que se cometera un roubo...

—É todo o que tes que dicirme, Flanagan? –preguntou Nines.

—Non. Ca. Agora vén o máis importante. Karim aínda debe de estar buscando a Alí para taparlle a boca, por medo a que o denuncie á policía. Ignora que a policía xa sabe quen é o culpable e está buscándoo. E Rashid, hoxe mesmo, viume no Centro de Servizos Sociais e poida que falase co asistente social que me atendeu, e el sabe onde se agacha Alí Hiyyara.

Nines miraba para min en fite. Eu xa pensaba que se cadra estaba metendo a zoca pero non controlaba moito nin os meus pensamentos, nin as miñas palabras, nin os meus actos. Vireime cara a Charcheneguer e dixen:

—Por aquí. Nesta ponte. Para aquí.

Saltei do coche e corrín ata a varanda dende onde se podía contemplar o terreo da carraca. Alí estaba. O lixo, os contedores. Era de noite e non se distinguía moi ben.

Nines seguírame, pero eu non podía dedicarlle atención, de momento. Só tiña ollos para o descampado, para cada un dos seus recunchos, para cada posible agocho. Pensaba que o asistente social igual lle dixera a Rashid que Alí Hiyyara e a banda da rúa frecuentaban aquel lugar e preguntábame que estratexia deseñara Karim.

Sabería que a banda da rúa estaba formada por cinco ou seis membros. Non podía pretender enfrontarse a todos eles á vez. Que facer, ncsc caso? Resposta: aliarse con eles. Aliarse todos contra o pequeno Alí.

A fin de contas, Alí Hiyyara non era un membro como os demais da banda, non compartía os mesmos problemas cós seus compañeiros. El estaba en situación legal, era cidadán español, tiña unha casa e unha familia que se faría cargo del. Entón, que facía con aqueles desvalidos? Eu mesmo constatara que era unha pexa para eles...

Unha sombra movíase entre os contedores. Coma unha rata. Non, moito máis grande ca unha rata. Era unha persoa. Dúas persoas. Un home e un neno. Eran eles, Karim e Rashid.

Por que non llo dixera á policía? Karim era un asasino perigoso. Xa asasinara a Omar Hiyyara, o pai. E agora dispúñase a matar ao fillo.

E, uns cen metros máis alá na camposa, chamou a miña atención o lumbrigar dunha panda que se achegaba, procedente da zona iluminada cercana ao mar, ao rebumbio dos chiringuitos. Chegaba a banda da rúa, ruidosa e confiada, cara á seguridade dos seus territorios. Diante ían os maiores, Mohammed e Iqbal, o que quería traballar para un traficante. Detrás, os demais, montando barullo. Zahid, que coñecía un veciño que triunfara en Madrid; e Ashraf, o orfo de pai a quen a nai enviara á aventura para que a salvase a ela e aos tres irmáns; e os dous máis pequenos, Hassan, que fuxía das malleiras do seu pai, e Suleyman, aquel macaco da cicatriz, inexplicablemente feliz de vivir como vivía. E por último, Alí, sempre serio, asustado e marxinado.

Botei a correr cara ao extremo da ponte que favorecía a oportunidade de interpoñerme entre o asasino á espreita e as vítimas que se achegaban confiadas.

Nines berrou: «Flanagan!», e oín que me seguía. E a voz de Charche: «Eh, esperade!»

—Flanagan! Que pasa? Que fas? Onde vas?

Axiña perdín de vista o meu obxectivo, oculto polas árbores e os elementos arquitectónicos que se interpuñan. Cheguei a uns pequenos xardíns despeiteados de onde arrincaban unhas escaleiras descendentes e baixeinas de catro en catro, coma un tolo. Arrepentido por non dicirlle nada daquilo á policía, porque a miña decisión puña en perigo a vida do pequeno Alí. Por que calara? Por que?

Lera, nos libros de Manuel Vázquez Montalbán, que o detective Carvalho se resistía a entregar os delincuentes á autoridade, e eu nunca o entendera. Por que deixar libre a unha persoa que actúa contra a sociedade, que prexudica os demais? Agora, mentres baixaba precipitadamente cara á base da ponte, albiscaba o grave conflito. Se cadra Pepe Carvalho, á súa idade e con todo o seu cinismo, tíñao moi asumido, mais eu non. Eu necesitara bater con aquel mundo cruel de miseria e, case simultaneamente, co mundo cruel dos ricos desapiadados para decatarme de que non hai situacións doadas, de que é moi difícil facer xustiza, de que non me correspondía a min facela, que sempre tería cargo de conciencia se contribuía a meter a Karim na cadea e Rashid quedaba na rúa: no mellor dos casos en mans duns servizos sociais que o tratarían como un número máis; no peor, zanfoneando polas rúas, como un máis da banda, malvivindo e delinquindo coma unha fera na selva. E todo por matar outro desgraciado que maltrataba o seu fillo e que roubaba e que lles aprendía a roubar aos mozos da rúa. Non quería aquela responsabilidade. Non era eu quen me tiña que facer cargo diso. Nin por idade, nin por vocación, nin por ideoloxía, nin por nada.

Desemboquei nun camiño estreito e inhóspito encaixonado entre dúas paredes de obra vista que non parecían pertencer a ningún edificio. O lixo estaba ciscado polo chan e reinaba un cheiro ao mexo e a carne podre, algún gato que morrera por alí, ignorado por todos. Axiña, outra parede de ladrillos cortoume o paso. Tiven que volver atrás e buscar o camiño máis alá, sen deixar de correr, como perdido nun labirinto, consciente de que chegaba tarde á cita co asasino e a vítima. Fun parar a un descampado, gabeei por un desnivel que tiña que ser céspede e era de barro, e cheguei a unha gabia insalvable dende onde podía ver, cunha perspectiva nova, a camposa da carraca, e os contedores, e os rapaces da rúa que chegaban e Karim e Rashid que lles saían ao paso.

—Non! –berrei.

Non sei se me oíron.

Tiven que retroceder, baixar outra vez pola pendente de barro e de céspede e rodeala, que por poucas non tropezo con Nines e Charche, que me seguían. «Dinos onde vas, Flanagan!», á carreira, sempre á carreira, buscando o camiño. Unha cancela de ferro cortábame o paso. Vina de lonxe e boteime cara a ela coma un gato, metendo os dedos nos ferros e espernexando, fincando as puntas dos pés e facendo un ruído de medo. Rabuñei as mans coa fileira de picos que había no alto, mais non lle fixen caso. Pensaba: «Non, non, non.» Ao saltar por riba enganchei os pantalóns e racheinos, ao deixarme caer do outro lado, deixando un rastro de roupa e pel, e aterrei flexionando as pernas, e fun a rolos polo

240

chan, incorporeime dun salto e entón, xa na camposa da carraca, vin a banda ao fondo, ao meu alcance.

Estaba chegando ao final do drama. De lonxe, podía imaxinar a situación, o diálogo. O malpocado de Alí vira como Karim e Faruq mataban o seu pai. Despois da voda, cando marcharan xuntos, e por motivos que eu non podía concretar, posiblemente, fosen cales fosen, encirrados polo alcohol, vellas liortas, contas pendentes, quen sabe. Se cadra Omar lles propuxera o roubo na tenda de Gironés: «Estou seguro de que ten cousas de moito valor, xa non quere saber nada de móbiles e transistores.» E quen sabe o que ocorreu, ao mellor pelexaron polo botín antes de telo, ou sería unha mirada revirada, un comentario desafortunado, e Omar xa tiña o coitelo de Karim espetado no nariz.

E agora Karim, para poñer da súa parte aos demais rapaces, recorría a unha calumnia que, entre delincuentes, adoita ter resultados garantidos.

—Alí é un confidente! Foi á policía, denunciouvos!

Karim tiña a navalla na man e agarrara a Alí polo brazo, e todos os membros da banda deran un paso atrás e non pensaban volver polo condenado.

—Non! –berrei, dando alancadas desesperadas e dolorosas, ao límite das miñas forza–. Karim! Non lle fagas nada!

Aquí chegaba Flanagan, o detective inocente e incauto, decidido a interpoñerse entre a navalla e a súa vítima, disposto a dar a súa vida por salvar o asasino do seu destino.

Karim volveuse cara a min e fulminoume con aqueles ollos de lume que tiña debaixo dunhas cellas de chamizo. Sen soltar a Alí, apuntoume coa navalla e eu parei en seco, a menos de cinco metros, suando e alasando, coa boca aberta e aterrado. Sentía a carraxe de toda a banda contra min.

—Non o fagas, Karim! –dixen–. Non tes que facelo. Xa non importa se Alí lle conta á policía que mataches ao seu pai, porque a policía xa o sabe.

Karim desprendeuse de Alí cun empurrón brutal e decidiu que o seu inimigo natural era eu, o inoportuno, o armadanzas, o que lle ripara o tesouro que lle salvaría a vida, o auténtico candidato a recibir a navallada que se estaba rifando dende había días.

—Seguro que fuches ti quen llo dixo! –berrou no seu castelán imperfecto.

A min non me quedaban folgos para levarlle a contraria.

—En todo caso, non lles dixen onde podían atoparte, Karim, ou estarían aquí, comigo! Eu só quería salvar a pel de Alí. E ti e mais Rashid, mellor vos sería non complicarvos máis a vida, e liscar.

Karim era xordo a calquera tipo de razoamento. Insultoume no seu idioma e deu un salto cara a min, coa navalla por diante.

Unha man providencial desviou a traxectoria fulgurante da folla e un corpo interpúxose entre Karim e mais eu.

Un corpo miúdo. Un só ollo vivo, atoldado polo medo.

—Non, Ab!

Rashid.

Entón, un xogo de acenos e miradas. Un medo desmesurado nos ollos de Karim, esa melancolía que xa lle vira cando tivera que renunciar ao tesouro Almirall. Unha desconsolada humanidade no xeito de contemplar ao seu fillo, no xeito de non entendelo, ou como trataba de transmitirlle que estaba facendo todo aquilo por el, enganándose ou non, convencido de que era o único que podía facer para sobrevivir, para salvarse e salvalo, e conseguirlle ao neno un futuro mellor ou, simplemente, algo, calquera cousa, que admitise a cualificación de «futuro». E, un instante, reflectido nas bágoas do único ollo vivo do neno, a evidencia de que non, de que tampouco aquel era o camiño, a evidencia fatal de que posiblemente non existise ningún camiño. Nin camiño nin futuro.

Ese aceno de dor, dunha dor máis penetrante cá dor física. Esas ganas de chorar os sete chorares e esa renuncia a todo, mesmo ao pranto. A amargura máis noxenta petando nel ao tempo que tiraba lonxe a navalla, e agarraba a Rashid da man e botaba a correr, arrastrándoo cara a outro sitio, cara a calquera lugar, cara a ningures. Era unha fuxida sen sentido e sen destino.

Alí e os membros da panda da rúa non estaban mirando para min, senón para alguén que tiña detrás.

Vireime e vin a Nines e Charcheneguer, que suaban e alasaban tanto coma min.

Ela dixo:

—Flanagan! Toleaches? Que fixeches?

Abrazoume. E pareceume que choraba mentres me dicía ao oído:

—Ben, e agora que salvaches o mundo outravolta, podemos empezar a falar do que nos pasa?

Pechei os ollos e abandoneime ás miñas emocións, e abraceina, e despois falamos. Falamos moito. Pero moito, moitísimo. Veña a falar e a falar. Non paramos de falar en toda a noite.

6

Charcheneguer tusiu con forza e comentou:

—Mimá, que laranxada tan boa!

Nines e mais eu separamos as nosas bocas, interrompendo un bico húmido e indiscreto, e volvémonos cara ao noso amigo, que tiña un sorriso ficticio, un pouco violento e confuso.

Era de mañanciña e estabamos na de Nines, sentados en sofás de coiro e saboreando unha laranxada natural arrefriada con cubos de laranxada natural.

Decidimos que tiñamos que facer unha pausa na nosa conversa interminable para escoitar o relato, luxosamente detallado, da aventura do noso amigo.

—Ah, queredes que volo conte? –Non daba crédito.

Tivemos que poñer a Nines en antecedentes do que ocorrera, daquela especie de secuestro de Charcheneguer, as peripecias do anel de compromiso de Vanesa e os laxantes e os problemas evacuatorios do meu amigo.

A continuación, contounos que aquela mañá, nada máis deixar de falar comigo e agachar o móbil nos calzóns, abrírase a porta e atoparan a Quique Antón e o líder dos Leóns Vermellos.

Neste punto da narración, Charcheneguer puña os ollos en branco e dicía: «Vaia lea, Flanagan, vaia lea, non o podes imaxinar!» Tal como mo describía, pensei que, se o fulano en cuestión seguía vivindo no barrio, axiña reclamaría a miña atención de detective privado. A cabeza rapada, tatuaxes ata o branco dos ollos, un aroma a substancias alcohólicas e tóxicas que se cheiraba a vinte metros, uns puños irregulares, coma se desfigurasen a moita xente, un aceno de noxo que facía pensar que consideraba imprescindible destruír todo o que non lle gustaba da sociedade en que vivía. E non lle gustaba nada do que vía.

Quique Antón tivo a deferencia de presentar a Charcheneguer como a un amigo, e non como prisioneiro nin nada polo estilo, de maneira que o acabado de chegar saudouno coma se fose un irmán, con grandes risadas que deixaban ao descuberto os seus dentes picados e abrazos de oso e destrutivos apertóns de mans. Quique Antón aseguroulle que Charcheneguer tiña para eles un anel cun diamante grande coma un mundo e a noticia ilusionou máis ao pandilleiro, que se dispuxo a celebralo cunha botella de xenebra que roubara en algures.

Entón, o León Vermello fixouse na botella de litro de coca-cola que había nunha mesa e deulle un chope longuísimo co obxectivo de baleirala un pouco e poder engadirlle xenebra, un bo chorro de xenebra, para darlle gusto, e convidou a beber aos outros dous, e ningún deles se puido negar porque a autoridade do líder era inmensa.

Despois de beber toda a botella de coca-cola con xenebra, tanto o León Vermello como Quique Antón interesáronse polo anel de Charche e obrigaron ao meu amigo a beber un bo grolo do laxante. Charcheneguer aseguraba que, a aquelas alturas, o seu corpo xa se afixera á pócema igual có metabolismo dos drogadictos se afai á droga, e naquel momento, para que o seu corpo reaccionase ao evacuatorio, precisou unha cantidade moito maior ca unha persoa normal. De maneira que enviou o vaso sen máis e, a seguir, anunciou que ía ao retrete para evacuar o famoso anel de Vanesa.

Seguindo o meu consello, Charcheneguer correu ao lugar onde tiña agachado o anel de Vanesa coa intención de poñelo coma se fose un supositorio, pero o movemento resultoulles sospeitoso aos dous manguis.

—Que é isto? –preguntáronlle ao ver que buscaba no agocho.

—Unha cousa que necesito para facer do tres...

—Facer do tres?

Explicoulles o que quería dicir, pero non llo creron. Non se fiaban.

—Non nolo agaches! Que tes nas mans?

Agarrárono polo ombreiro, abaneárono, empurrárono contra a parede.

—Ensínanos o que nos agachas!

Tivo que confesar:

—Aquí teño o anel da miña moza Vanesa...

Amosáballes unha bolsiña plástica de Carrefour.

Quique Antón mirouno cunha expresión que anunciaba que máis tarde xa se verían as caras. O León Vermello abriu a bolsa e meteu a man para sacar o anel.

O que Charcheneguer non me contara, seguramente para non abafarme con detalles inncesarios, foi que non rescatara o anel do produto da evacuación, porque lle deu algo de noxo, e cando notou que o expulsaba, simplemente gardou todo o resultado dos seus esforzos na bolsa de plástico. E non lle deu tempo a advertirlle ao perigoso León Vermello de onde metía a man. De súpeto, xa era demasiado tarde. Aínda que a masa contida na bolsa era máis consistente do habitual, o León Vermello experimentou unha sensación de noxo absoluto, case cataclísmico e abismal ao establecer contacto con ela. Berrou: «Agg!» e «Que é isto?», e tivo un principio de arcada...

E, entón, Charcheneguer, por unha vez na súa vida, tivo unha ocorrencia brillante. Chapó por Charche. Só unha cara de inocencia absolutamente estúpida, e unha frase dedicada a Quique Antón:

—Xa che dixen que non lle ía facer graza.

Xa o dixen antes: a anguria, o perigo e o medo multiplican por mil o coeficiente intelectual dunha persoa. O León Vermello, ao oílo, virouse cara a Quique e limpou a man no seu bigote. Quique, ao verse luxado, reaccionou violentamente e, de repente, xa estaban batendo un no outro e, a seguir caeron a rebolos polo chan, agarrados. E entón, cando se estaban mallando con carraxe nos bandullos, os dous puxéronse virollos e tiveron unha reacción similar. A barriga, o ventre, cambras, necesidades imperiosas.

En poucas palabras: o laxante contido na botella de coca-cola fixo o seu efecto e cagaron por eles.

Saloucaban ao bordo do pranto ao verse nunha situación tan pouco airosa.

Charche aproveitou a confusión para recuperar a súa bolsa de Carrefour co anel de compromiso e saír pitando pola porta cara á liberdade.

Despois, confesaba, en honor á súa amada, que fixera o sacrificio supremo de remexer nas deposicións ata atopar o anel de diamantes e, acto seguido, lavouno a conciencia.

E chamoume para agradecerme todo o que fixera por el.

O meu móbil notificoulle que estaba desconectado ou que se achaba nalgún lugar sen cobertura. E, tal como fixera a primeira vez que quixera pórse en contacto comigo, chamou a Nines.

Encontrouna histérica, xusto no momento en que acababa de saber que Hilario e Carla entregaran a Flanagan aos lobos. Hilario xa aceptaba acompañala ao lugar onde podía atoparme, pero Nines necesitaba un amigo de verdade, un amigo de toda a vida que a axudara a salvarme... E, providencialmente, chamaba o noso querido Ramón Trallero Charcheneguer.

—Ven axiña, Charche, Flanagan necesítate!

Cando Charche oe berrar así, convértese nunha especie de superheroe. Non hai quen o pare. Ninguén puido detelo ata que, despois de reunirse con Nines e con Hilario, chegou á casa do bosque e sorprendeu a aquelas tres bestas que mallaban en min. Converteuse nunha máquina de salvar.

Hilario, que toleaba por facer méritos diante da policía e de Nines para demostrar que non tiña nada que ver con aquela salvaxada, tamén se puxo ao choio de repartir leña. E Nines tamén descargou a súa furia. En fin, que non hai queixa, que os meus torturadores quedaron ben servidos.

E, mentres o lembrabamos e riamos, sentados no sofá de coiro de Nines, e chupabamos laranxada natural con cubos de laranxa natural, Alí, que viñera connosco, durmía nun cuarto do primeiro andar.

Ao día seguinte, levariámolo á casa de Aisha.

Índice

                                                              Páx.

Capítulo 1. Un caso de desaparición   7

Capítulo 2. Na praza dos mouros   33

Capítulo 3. A camposa da carraca   59

Capítulo 4. Historias de inmigrantes   85

Capítulo 5. Charche: outro ladrón (coma min)...   109

Capítulo 6. Pornografía anónima   131

Capítulo 7. A cova do tesouro   157

Capítulo 8. Detencións e secuestros   181

Capítulo 9. De cabeza á piscina   211

Jaume Ribera

Jaume Ribera naceu en Sabadell en 1953.
É licenciado en Ciencias da Información –aínda que
non exerce–, guionista de cómic e tradutor.
Publicou en revistas contos de humor e terror,
a novela negra *O sangue de meu irmán*, e os libros de
humor *Viva a Patria! (Manual de supervivencia para
o servizo militar)* e *Papá, no sexas Cafre*.
Con Andreu Martín escribiu *Non pidas sardiñas fóra
de temporada*, coa que obtiveron o Premio Nacional de
Literatura Xuvenil, 1989, *Todos os detectives se chaman
Flanagan* e *Non laves as mans Flanagan*.
Na colección Fóra de Xogo teñen publicado *Flanagan
de luxe, Alfagan é Flanagan, Flanagan Blues Band,
Flanagan 007, Flanagan só Flanagan*.
Gústalle a guitarra eléctrica e mais os gatos,
coa condición de que sexan salvaxes e non teñan
reparos en rabuñar a man que os alimenta.

Andreu Martín

Andreu Martín naceu o 9 de maio de 1949.
Estudou Psicoloxía. Foi guionista de cómics,
con incursións no mundo do teatro e do cine,
dirixiu a película *Sauna* (1990). Coñecido sobre todo
como autor de novela negra, obtivo en 1980 o Premio
Círculo del Crimen pola súa novela *Prótese*; o Premio
Hammett da Asociación Internacional de Escritores
Policíacos por *Barcelona Connection*.
Na actualidade é presidente da Asociación Española
de Escritores Policíacos.

88. *O lago das garzas azuis*
Alfonso Pexegueiro

O lago das garzas azuis é un conto-poema que ten
como protagonista o mundo infantil. As garzas azuis
viven nun lago que hai debaixo das areas do deserto
de Nabalpam... Os nenos e as nenas de todo o mundo
seguen polo serán as garzas ata ese deserto
onde se converten en Reiseñores Brancos e así poden
chegar ao Lago das Garzas para xogar e vivir, sen seren
collidos polos Cazadores de Reiseñores Brancos...
«Un relato poético absolutamente maxistral»,
Manuel Vázquez Montalbán.
*«Un conto conmovedor escrito coa esperanza
de que os soños nos axuden a descubrir a realidade»*,
Federico Mayor Zaragoza.

89. *Poetízate*
Fran Alonso
Antoloxía da poesía galega

A poesía non morde. E, aínda que haxa quen pense
o contrario, non é aburrida, románticona nin difícil.
Esta divertida antoloxía poética demostra o contrario.
De Rosalía de Castro ás poetas novas, propoñémosche
unha viaxe polos poemas máis próximos, divertidos
e desenfadados da poesía galega. *Poetízate* é un libro
pensado para as persoas que non está afeitas
a ler poesía. Para que? Para cantar, berrar, recitar,
rapear, musicar, rebelarse contra o mundo ou só
para falar suave na orella. Este é un libro para sentir,
gozar e intuír a poesía. Así que, xa o sabes: poetízate.

90. *O paxaro do mel*
Adolfo Caamaño

Os irmáns Kassai e Yaíza, pastores da tribo
dos danákil, e Mario, o amigo italiano que chegou ás
afastadas Terras de Abisinia para reunirse co seu pai,
deberán enfrontarse ao temible míster Angus Harris
e a súa banda de zaireños que secuestraron a Saíhda,
a súa nai, e a outros veciños da aldea danákil
para vendelos como escravos. Os tres rapaces,
coa intención de liberar aos seus, emprenderán
unha difícil persecución da caravana, véndose
obrigados a atravesar a selva prohibida, onde entre
as ruínas dun templo atoparán a árbore do saber,
o mono do papiro e seguirán a estela da cor vermella
do paxaro do mel.

91. *Corredores de sombra*
Agustín Fernández Paz

Verán de 1995. No pazo dos Soutelo, ao facer
unhas obras de restauración, descúbrese un esqueleto
dentro dunha alfombra enrolada, oculto entre dous
tabiques. Un cadáver emparedado hai máis
de cincuenta anos, cun furado de bala na cabeza.
Quen é o morto?
Que man empuñou a pistola que o asasinou?
Clara Soutelo, testemuña involuntaria da descuberta,
asume o reto de desvelar o misterio que se agocha
tras as dúas preguntas. Unha investigación complexa,
que a levará a indagar no pasado da súa familia. Moito
tempo despois, cando xa é maior, decídese a contar
os sucesos daquel verán dos seus dezaseis anos,
cando descubriu a plenitude do primeiro amor
e mudou para sempre a súa forma de entender a vida.

92. *A sombra descalza*
An Alfaya

Elsa, unha moza de dezaseis anos, vive asfixiada
nun ambiente poboado de segredos familiares
procedentes dun pasado escuro. A corda tensa
dos silencios rómpese cando ela remexe neles,
e fai que as voces das mulleres da casa, Amadora,
Esperanza e Florinda, caladas durante moito tempo,
revelen misterios que atinxen aos homes das súas vidas,
Xuliano, Fernando, Bieito e Rafael, nunha tentativa
de recuperar a dignidade perdida polas miserias
da Guerra Civil. Nesa época quedou ancorada
unha presenza ausente, Sagrario, quen sen estar,
paira pola vivenda como unha sombra descalza.
PREMIO LAZARILLO DE LITERATURA XUVENIL 2005

93. *O Emperador Púrpura*
Herbie Brennan

Hai unha lei universal que todos os elfos respectan:
cando morre o emperador, o príncipe herdeiro debe
ocupar o seu lugar. Mais, que sucede se o emperador
retorna da tumba? O pai de Pyrgus, a quen acaban
de asasinar, resucita e preséntase no palacio Púrpura,
onde se desencadea o caos. O Reino queda sumido na
maior desorde e Pyrgus e a princesa Holly Blue están
decididos a evitar que caia en mans dos malvados elfos
da noite. Sorte que contan coa axuda de Henry,
chegado do mundo dos humanos descoñecendo
que se adentra nun mundo diabólico.
O Emperador Púrpura é unha historia épica,
trepidante, con boas doses de humor e suspense,
que entusiasmará aos lectore d´*O portal dos elfos*,
primeira entrega do xenial universo creado
por Herbie Brennan.